U0742720

满庭芳文萃

小城烟火

王迎勋 著

中国纺织出版社有限公司

内 容 提 要

　　《小城烟火》是一本作者近年创作的小说集，书中的内容烟火气息浓厚，演绎了市井百态、人生百味，让人忍俊不禁，笑过之后，若有所思。

图书在版编目（CIP）数据

　　小城烟火／王迎勋著. -- 北京：中国纺织出版社有限公司，2024.2

　　（满庭芳文萃）

　　ISBN 978-7-5229-0965-3

　　Ⅰ．①小…　Ⅱ．①王…　Ⅲ．①短篇小说—小说集—中国—当代　Ⅳ．①I247.7

　　中国国家版本馆CIP数据核字（2023）第232481号

责任编辑：郝珊珊　　责任校对：王蕙莹　　责任印制：储志伟
插　　图：王颖斌　　书名题字：王乔枫

中国纺织出版社有限公司出版发行
地址：北京市朝阳区百子湾东里 A407 号楼　邮政编码：100124
销售电话：010—67004422　传真：010—87155801
http://www.c-textilep.com
中国纺织出版社天猫旗舰店
官方微博 http://weibo.com/2119887771
北京虎彩文化传播有限公司印刷　各地新华书店经销
2024 年 2 月第 1 版第 1 次印刷
开本：880×1230　1／32　总印张：64.75
总字数：998 千字　总定价：600.00 元

凡购本书，如有缺页、倒页、脱页，由本社图书营销中心调换

目录

爱在嵩山

一

临窗，一杯淡茶，一卷书香，温暖的室内，香雪和老公乔宇开始了诗意的下午。

三十分钟后，乔宇站起来。他绕过书桌，走到香雪身边，向她伸出手，说："来，休息一会儿，欣赏一会儿窗外的风景。"

香雪抬头，把额前的碎发理到耳后。她甜甜地看了一眼乔宇，《诗经》的韵味从书上移到眼前。她拉着乔宇的手站起来。这一画面，有点李清照和赵明诚的"东篱把酒黄昏后，有暗香盈袖"的美感。

两人移步窗前。清冷的窗外，嵩山群峰巍巍，白雪皑皑，碧空如洗，阳光和煦。这是香雪梦寐中的景色。

"香雪，我真佩服你，还是家乡好啊。"乔宇紧紧地把她拥在怀里，"真是太美妙了，你看那一道道披雪的山峰，晶莹碧透、雕琢玲珑，真像一个童话世界。你再看那一丛丛树木，一条条沟壑，一块块峭壁，白雪茫茫。"乔宇指着逍遥谷上面的凤凰峰说，"再配上老母洞的青砖黛瓦，半山腰的行宫、长亭，真是一幅精妙绝伦的淡墨山水画啊。"

"那上面是雾凇，是冰清玉洁的世界，是九天之外的天界。"香雪骄傲地说。

"真没想到，嵩山竟如此之美。"乔宇望着窗外沉醉地说，"还是老婆有眼光啊！"

"江山如此多娇，引无数英雄竞折腰。"香雪脱口而出，然后轻轻地在乔宇的鼻子上刮了一下，"哼！就你的嘴甜，我要不坚持，你会把家安在嵩山脚下。"香雪白他一眼。

二

为买房子，两人没少争执。

香雪和乔宇都是登封人。香雪长得像《红楼梦》里的宝钗，唇不点而红，眉不画而秀，脸若银盘，眼若水杏。性格也和宝钗一样，阳光开朗，热情大方，是难得的知性淑女。乔宇也是阳光帅气，一表人才。

他们是大学毕业在南方打工时认识的。两人一见钟情，然后在南方一个小镇开创了自己的事业。就这样，他们一边打拼，一边谈恋爱，一晃就是六年。渐渐两人的年龄都不小了，两家的父母都开始催婚。

是回家？还是留在江南小镇？是在家乡买房？还是在江南小镇居住？两人发生了矛盾。

乔宇想在南方扎下根。毕竟南方经济外向度较高，营商环境好，创业氛围浓。况且，他们在那个小镇有了自己的加工厂，事业比较成功。

但香雪不乐意。她对乔宇说："那怎么行？我们两个都是独生子女，我们在外面安了家，爸妈怎么办？他们在登封生活了一辈子，现在老了，我们能不在他们身边吗？况且，登封是我们的家乡，嵩山是我们的根，有我们割舍不断的血脉。"

"家乡有什么好？嵩山有什么好的？穷地方一个！"乔宇犟着说，"我们在这里多好，有钱，有事业，有朋友，有人脉。等爸妈老了，把他们接过来不就好了吗？"乔宇坚持己见。

"嵩山有什么好？"香雪不认识似的瞪着乔宇，"你真是个文盲，白让你生在了登封，也白让你读了那么多书，看来你对家乡一点都不了解。嵩山作为五岳之一，万山之祖，有三十六亿年的沧桑历史。登封，天地之中，古迹遍地，景色满眼，文化厚重，自然俊秀。许由让贤，大禹三过家门而不入，汉武封柏，大唐女皇武则天'登嵩山，封中岳，大功告成'。禅宗祖庭少林寺，儒家圣殿嵩阳书院，道家第六洞天中岳庙，探索天际的观星台。哎呀呀，你呀，白瞎是个登封人了。"香雪小嘴伶俐，说得乔宇的脸一阵红一阵白。

"我知道，你是学文科的，我说不过你。不过，我怎么看嵩

3

山也就那样子。"乔宇还在犟。

"你呀，"香雪指着乔宇说，"古往今来多少帝王将相、文人墨客望嵩山而莫及。你听说过《将进酒》吗？'君不见黄河之水天上来，奔流到海不复回……与君歌一曲，请君为我倾耳听……五花马，千金裘，呼儿将出换美酒，与尔同销万古愁，"香雪说着就比画起来，"李白的千古名篇就是在嵩山写成的。我的傻瓜，你知不知道啊。还有'轩辕早行、颍水春耕、嵩门待月'，你听过电影《少林寺》的插曲《牧羊曲》吗？"

乔宇不吭声了，他知道，他不是香雪的对手。

"你知道'先天下之忧而忧，后天下之乐而乐'的范仲淹吗？他曾站在峻极之巅慨叹'不来峻极游，何能小天下？'。"香雪滔滔不绝，"作为登封人，你连这一点都不知道，难怪你不爱家乡。"

"你说得再好，咱在家乡有什么？就爸妈住那房子，有啥稀罕的？如果跟了咱来，咱在这儿让他们住上宽敞大气的别墅，我想他们一定喜欢。"乔宇坚持自己的想法。

"你说得轻巧，'树高千丈，叶落归根'。你让爸妈来，爸妈就来了？"香雪也不让步，"要不，你和爸妈商量商量，看他们谁愿跟你来？要买房还是回家乡买去！"

结果，乔宇和双方老人一商量，没一个人愿意跟他出去。

乔宇爸瞪着眼说："乔宇！咱祖祖辈辈都在登封，我和你妈在登封生活了一辈子，哪里都是温暖亲切的。老了老了，你让我们出去？亏你想得出来！外面有啥好的？这几年，我和你妈也出去转了好几个地方，哪里都没咱登封好。咱登封干净整洁，靠着山，邻着水，是难得的风水宝地。多少外地人跑几千里来咱这儿登山游玩，咱再跑出去，那不是傻子吗？要去你去！我们哪儿都不去！老了就埋在登封这块土地上。"

乔宇妈也不乐意。

香雪的爸妈就更别说了。

乔宇垂头丧气。香雪俏皮地说："咋样，'不听夫人言，碰壁在眼前'。"

三

2022年暮春，因为疫情，他们的加工厂停摆了。乔宇带着香雪回到家乡。他们一下高速，就被靓丽的登封城吸引住了。他们开车顺着如诗如画的少林大道，一路春风荡漾。

登封的变化真是太大了，特别是这两年，东城区、西城区，少林大道，环山旅游环线。登封如一个十八岁的少女天天都在变美。家乡的变化深深吸引了乔宇。

夜里，他们登上了"迎仙阁"。望着美轮美奂的东城区和西城区，香雪不由诗兴大发，随口吟了一首诗：

夜登迎仙阁

夜登迎仙阁，月光如银波。

俯首登封城，霓虹似流河。

少室亭亭立，太室静静卧。

忽闻《牧羊曲》，飘落迎仙阁。

翩翩蹁跹舞，裙飞影婀娜。

玉兔眼迷离，月宫惊嫦娥。

牛郎忘耕种，织女停机梭。

八仙酒正酣，琼浆洒中岳。

煮壶颍河水，围坐迎仙阁。

品鉴登封景，神仙不再做。

"好！好！好！"四周欣赏登封夜景的人无不拍手叫好。

这几年，他们的厂子不景气。两人一商量，就把厂子转了出去。他们回到家乡，在香雪的建议下，在嵩山脚下购买了这套山景别墅，两人又在年前举办了隆重的婚礼。

回到了家乡，乔宇和香雪就开始谋划在家乡发展。

望着窗外，香雪说："乔宇，咱考察考察登封的民宿怎么样？'禅宗祖庭，天地之中'是咱登封的烫金名片。以前，那么多朋友想让咱带他们回来看看，都因为工作忙没有如愿。现在，既然回来了，我们不如开一家民宿，欢迎四海的朋友？名字我都想好了，就叫'嵩山兰亭'民宿，怎么样？借一借王羲之《兰亭序》的美名，在嵩山建一个'兰亭'民宿。咱在店里设一个大客厅，客厅里设一个大画案。有时间了，我也可以写写画画。"

乔宇点点头："你不说我倒忘了，你还是美术专业呢。好！我们开一家民宿，把嵩山特色——天地之中的文化观念融进去。

也为你提供一个安闲的创作环境。"

四

两人正谈着，忽然，香雪的同学桃丽在同学群里发了一条消息：好消息！同学们，上山不要年票了，走走走！谁上山？下午4点，景区门口不见不散！

"上山不要年票了？真的假的？"香雪惊讶地问乔宇。

"不可能吧？"乔宇也一脸茫然。

前年回来过年，乔宇想和家人一起登登山。毕竟家就在嵩山脚下，嵩山就像自家的后花园一样。吃了饭到山上转转，那太自然了。可走到了景区口，才知道要办年票。

香雪也一样，去年回来约同学吃饭，吃了饭一起去登山。可大部分同学没有年票，登山的人也是稀稀拉拉。在峻极峰合影时，只聚齐了四分之一的同学。她想起范仲淹的"不来峻极游，何能小天下"就感到遗憾。

忽然，香雪的同学群沸腾起来。大家纷纷询问：真的假的？这还没到愚人节啊。

乔宇的同学群里也出现了这条信息。有一个同学直接把景区的公告发在了群里。

紧接着，香雪的同学群也发了这个公告。

"真的！真的！"香雪把书本合上说，"乔宇，走！不为别的，就为这个公告，我们也要上一次山。"

真是太振奋人心了，这是新年的第一个好消息！

"大发展就得有大开放！"乔宇说，"大开放就必须有大松绑！"

"看来，我们现在回来是对啦！正赶上登封的发展机遇！"说着，乔宇一把将香雪抱起来。

老宋的刺挠事

一

真是难得的相遇，没想到，十八年后又在厕所遇到了老宋。

城里搞建设，我们单位被分了一个无主楼院。什么是无主楼院？就是小产权房，开发商把房子卖完了，然后卷钱拍屁股走人，留下一个无人管理的楼院。楼院里住的人又多又杂，谁也不认识谁，谁也不服谁，谁也不理谁。那脏乱差就别提了。

我和几个志愿者在楼院甩开膀子打扫了一阵卫生后，就想去厕所。厕所在一个繁华的丁字路口，那里人头攒动。

走到跟前，看见好几个人在排队。有的吸着烟，焦急地踱来踱去；有的刷着手机，压抑着肚里的狂躁。

"人多，请排队。"忽然，正在晒太阳的厕所管理员发了话。

本来，我没注意他，他一说话，我不由多瞅了他几眼。

哟，这不是老宋吗？肥大的脑袋，臃肿的身子，满脸的横肉，一顶瓜皮帽遮着他的秃顶，脸上那道吓人的刀疤还是清晰可见。

他坐在小马扎上，靠着墙正美滋滋地享受着冬天难得的日光浴。

"老宋？"我试探着喊了一声。毕竟十多年没见了，人也有点变形，但大样还没变。

"哎！"老宋猛然坐直身子，把头上的瓜皮帽向上掀掀，露出两只水肿的大眼泡。

"果真是你呀，老宋！"我惊讶地说。

老宋愣了一会儿，肿眼泡眨巴了几下，忽然惊讶地说："咦，老弟，是你呀！没想到今儿碰上你了，你这是？"

"上厕所。"我说。

"现在正是高峰期，忙着嘞。"说着，老宋扶着马扎艰难地站起来。

他晃着身子靠近我，小声说："不过，我留着一手嘞，走。"说着，他从裤腰里摸出一把钥匙，把我引到最里面那一间，打开厕所门。

这个老宋，十几年了，还和以前一样，看厕所也要留一手。

二

二十年前，我刚到城里时，就租住在老宋的家里。老宋是城里的老户，他家有一个院子，院里盖满了房子。他住一间，他老娘住一间，剩下的全都租了出去。

老宋原来在机械厂上班，因为改制，机械厂被改建成了农贸

12

市场。农贸市场当然要配备厕所。老宋是机械厂的老人，优先承包了厕所。

那时候，上厕所要掏钱，一次一毛，后来涨到两毛。一毛两毛虽说不多，可架不住人多。农贸市场人来人往，每天夜里，老宋都要沾着唾沫星子数半天毛票。

老宋有钱了。可有钱没老婆有什么用？有钱没孩子有什么用？老宋常常数着数着钱就开始发呆。他三十多了还没有娶媳妇。

老宋心里刺挠啊。

按说老宋的条件不错，可坏就坏在他那张脸上。老宋脸黑，眼大，眉粗，鼻短，脸上还有一道刀疤。那疤是小时候和别人打架时留下的，在左脸颧骨上，一看就像个黑社会。哪个当娘的敢把自己的闺女往火坑里扔。老宋娘开出大价钱：谁要给她狗儿（老宋小名）说成媳妇，她就在新世纪大酒店摆一桌，茅台随便喝。许多媒人都铆劲儿给他介绍对象。可女方一打听，面都不见就吓得嗷一声跑了。

最后，老娘给他打气说："孩子，别泄气，这是婚姻不透。婚姻透了，撵都撵不走！"

这不，说着说着老宋的婚姻就透了。

三

这一年，他家来了一位女租客。这女子叫小玲，二十多岁，带两个孩子。小玲皮肤白净，眼睛水灵，身腰苗条，说话柔声细语。在一次车祸中，她丈夫不幸去世。她就带着两个孩子到城里来打拼。她把孩子送到学校，自己就在农贸市场找了个事儿干。

老宋看着小玲那俏模样，简直就是钟馗看上了妲己，张飞看上了苏三娘。有次，老宋看见小玲穿着睡衣在院里晾衣服。登时，他的血压就蹿到了220，他话也不会说了，路也不会走了，脑子也不会转圈了，四肢一阵战栗。

老宋心里刺挠啊。

那天，我去农贸市场上厕所，正看见老宋在喝闷酒。我说："老宋，你在厕所喝酒啥味道啊？"

"尿味没有！"老宋晕晕忽忽地说。

我给他掏钱，老宋摆摆手说："咱是一家子，上个厕所还要你的钱，我就恁欠钱？你尿到我这酒壶里吧。去去去，别寒碜人了。"

在他家租房的，他都当成一家子，去他那厕所，他都免单。小玲就更不用说了。况且，小玲在农贸市场打工，哪天不去个三五趟？这正是老宋所希望的。老宋喜欢小玲，他巴不得小玲天天蹲在厕所里。所以，只要小玲上厕所，他都是毕恭毕敬地候着。有时，他真想和小玲说几句掏心窝的话。可小玲每次都是来去匆匆。

有次，老宋看小玲匆匆进了厕所又匆匆出来。他知道小玲肯定是忘拿纸了，赶紧递上一包手纸。小玲皱皱眉。他又赶紧递上

14

一包卫生巾，解了小玲的燃眉之急。从那以后，老宋只要看见小玲上厕所，他就一手拿纸，一手拿卫生巾，小心翼翼地伺候着。

老宋不仅给小玲免单，给小玲准备着手纸和卫生巾，还给小玲占着蹲位。高峰时，蹲位不够，老宋就专门锁一个，给小玲留着。他把握准了小玲上厕所的时间，等小玲上过之后，才开放。

我知道老宋的心思，就开玩笑地说："老宋，上个厕所也有后门啊？"

老宋嘿嘿笑着说："老弟，我不留一手哪能行啊，万一小玲来了，没蹲位咋办？"笑着，他脸上的刀疤又红又紫。

"看透不说透，才是好朋友。事成了，老哥请你喝酒！"老宋的眼睛成了一条线。

一来二去，小玲感觉老宋这人还不错。

要说，老宋这人真不错。他不但给小玲免了厕所的钱，就连家里的房租，也给小玲免了。

老宋对他娘说："娘，以后小玲的房租你就别收了。"他老娘虽然不乐意，可想了想还是答应了。

小玲带着两个孩子，一个小学一年级，一个上幼儿园。三个人吃喝拉撒，她一个月就那五百块钱，哪能够啊。更别说孩子有个头疼脑热，就是学校的书、作业、校服钱，她都作难。

钱是一个人的软肋，小玲没钱，她在老宋跟前就低了下来。老宋想方设法帮助小玲。刚开始，小玲还推让推让，回数多了，她就心安理得地接受了。

有句话叫"看惯了不丑"。有了钱的魔力，慢慢地，小玲不仅不感觉老宋看着吓人了，还越看越耐看，越看越顺眼。有时，她也替老宋洗洗衣服，帮老宋娘理理家务，算作报答。

虽然，老宋对小玲温柔体贴，呵护备至。可小玲总是别别扭扭，老宋总是弄不成事。

老宋心里刺挠啊。

四

那天下班，我回到出租屋。

老宋拎一瓶赤肚子杜康来找我。他哭丧着脸说："老弟，我看你是个读书人，能说会道，你给小玲好好说说，我真的是爱她的，包括她那两个孩子，只要她跟了我，这家里的一切都是她的！她想要啥我买啥！她跟着我，保管吃香的喝辣的！"

听了老宋的话，我真想说：老宋，看看你那样。人家虽然带着两个孩子，也是天仙似的。你尿泡尿照照，你跟藏獒有什么两样？你配吗？

但毕竟咱没钱，毕竟咱住着老宋家的房子。人在屋檐下，岂能不低头。我只好说："老宋，你先别急，瓜熟蒂落，功到自然成。"

"别，别急？你，你你你饱汉不知饿汉饥！你你你知道，我我我都快着火了！"老宋瞪着牛蛋眼气势汹汹地跟我结巴。

我笑着说："老宋，把你的生辰八字给我报报。让我给你算

16

一算。”

“咦，你还会弄这？我嘞老天爷呀，这是遇到大仙了啊。”老宋一激动，脸上的疤痕又黑又红。他连忙跑出去问他老娘。

一会儿，老宋突突突跑过来，给我报了生辰八字。我把他的八字排好，云里雾里给他胡诌了一通。然后，拿笔在他的手心写了一个字。

老宋一看美得“嘿嘿嘿”笑起来：“老弟，你真不愧是个读书人。如果这事真成了，老哥免你一年的房租！”说完，他兴冲冲地去看厕所了。

<h2 style="text-align:center">五</h2>

老宋的机会终于来了。

这天中午，老宋正在厕所里美美地数钱。忽然，小玲头发凌乱、衣衫不整、哭哭啼啼地跑了进来。

看到小玲哭泣，老宋的心都碎了。

“咋啦，咋啦，出啥事啦？”老宋把手里的钱往抽屉里呼啦一推，瞪着牛蛋眼问。

原来，小玲打工的那个门市的男老板看小玲长得俊俏，又是一个小寡妇，就想欺负小玲。他已经不只一次对小玲下手了。上一次，他以发工资为名，在给小玲递钱时，一把把小玲搂在怀里，又是摸，又是亲。小玲费了好大劲才挣脱了身，但小玲碍于情面没敢作声。这样，那个老板的胆子就更大了。

这天中午，那个男老板趁女老板去外地进货，中午没人，又趁小玲正在整理货。他忽然把门市门关住，向小玲扑去。小玲没有防备，一下子被他按在地上。

小玲不从，老板求爷爷告奶奶地央求。小玲仍誓死不从。老板看来软的不行，就"啪啪"给了小玲几耳光，真把小玲打蒙了。在这危急关头，小玲一口咬住他的蒜头鼻子，又一脚踢在他的裤裆上。

打蛇打七寸，小玲的这一招稳准狠！那个男老板疼得嗷嗷乱叫。头上豆大的汗珠子啪啪地砸在地上，脊梁沟子的冷汗哗哗直流。趁这空档，小玲把他掀翻在地，拉开门，跑了出去。

"奶奶的，老子还没闻到腥气，你就想大鱼大肉啊。"老宋气得浑身哆嗦。

老宋岂是善茬，他操起厕所的拖把就杀了过去。那气势真有点"鲁提辖拳打镇关西"的豪迈。

老宋杀到那个门市，对正躺在地上呻吟的男老板又是一阵拳脚。

自那以后，老宋更怜爱小玲了。他不让小玲再去找工作，把厕所的收入，除了上交公司的利润外，其余的全部交给了小玲。

小玲禁不住老宋的百般体贴，再加上钱的魔力，就直接和老宋住到了一起。厕所成了夫妻店。小玲把厕所的财政大权掌控在自己手里，老宋也乐得清闲。

从此，小玲收钱，老宋喝酒，小日子过得甭提多美。

六

老宋的桃花运开了。但在结婚前，小玲告诉他，她生了两个男孩，做了结扎手术，不会再生孩子了。

"不生就不生呗，咱有两个足够了！"老宋百依百顺。

老宋和小玲领了结婚证，又热热闹闹办了酒席。礼单还是我给他俩记的。记礼单时，我的心里酸溜溜的。小玲恭恭敬敬地敬了我三杯酒。她看我的眼神真有点武媚娘的醉态。

婚后，老宋提着酒来感谢我。小玲在后面跟着。他俩在我跟前，眉来眼去，那甜蜜劲就别提了。小玲过上了养尊处优的好日子。

老宋抱得美人归，但他忘记了对我的承诺。后来，还是在小玲的坚持下，他才免了我一年的房租。提起这，我心里就不舒服。

后来，单位分了房子，我要搬走了。他们两口子来送我，小玲穿得玲珑妖娆，拐着老宋的胳膊。

本来，老宋的小日子过得美滋滋的。可问题还是来了。

小玲守店，老宋喝酒，这日子比神仙都美气。

可这样的日子过了一年多，老宋就感觉不自在了。再加上他老娘的挑唆："狗儿啊，小玲那俩儿子跟咱啥关系都没有，咱可不能把家业留给他们。你无论如何也要让小玲给你生一个。要不，老了谁伺候你？"

老宋正喝得有点蒙，听老娘这么一说，脑子一激灵，酒醒了大半。是啊，这两个娃子，哪一个都不是我的种。长大了，说不定真会像人家说的，把我扔到野沟里喂狗去。

　　再加上和老宋喝酒的老黄常跟他开玩笑："老宋啊，别看你现在怪得意，你也不过是瞎驴跑到磨道里，白磨驴蹄子罢了。老了，有你的好日子过！"

　　和老宋喝酒的老牛也说："老宋啊，娶了那么好看的老婆，还不在家好好守着，你就不怕她跟别人跑了。"

　　老宋的心里又刺挠起来。

　　老宋本来就不是善茬。

　　那天，他喝酒回去，正好看见小玲和一个年轻小伙子在厕所门口说说笑笑。瞬间，老宋怒火中烧。他蹿过去，一巴掌扇在小玲的脸上，紧接着又一脚把那个年轻人踹翻在地。

　　甜蜜的小日子就这样被打翻了。

　　从此，小玲没有了好日子。老宋把小玲的财政大权全部没收。时不时还对小玲动动手脚，她那两个儿子，老宋更看不顺眼，时不时大吼大叫，拳脚相加。这时的老宋真成了《水浒传》里的泼皮牛二。

　　这正合老宋娘的心意，她常常在老宋跟前添油加醋地说小玲母子的不是。她只希望，老宋快把小玲母子撵走，保住自己的家产。

　　此处不留爷，自有留爷处。小玲看老宋彻底变了颜色，就带着两个儿子逃离了这个虎狼之窝。

老宋和小玲办了离婚后，也确实得意了一阵子。他想：哼！凭老子这实力，凭老子这身板，凭老子这威猛！再找一个媳妇，生个一男半女绝对没有问题。

后来，老宋确实也谈了不少，可没一个能比得上小玲，没一个能给他生一个儿子。

有的在老宋花了小钱又花了大笔钱后，就没有了下文。有的就是婚托，专门来骗老宋钱的。都知道老宋这货有钱，都知道老宋这货好女人。老宋的钱越花越少，事越谈越黄。

老宋的心里越来越刺挠。

后来，农贸市场又被改建成高档小区。厕所被扒了，他看厕所的事也黄了。

七

我从厕所出来，老宋顺手又把门锁上。

"老宋，这十多年不见，没想到你还干老本行啊。"我轻松了，就和他开玩笑。

"唉，我这成色，也就是个看厕所的命。"老宋抹了一下脸说。然后，他向我靠近了一步，低声问："老弟，你知不知道小玲的下落？"

"咋，这么多年了，你还没找到合适的？"我不解地问。

"唉，别提了，哪里都是江湖！哪里都是坑！老哥快被他们坑死了！也就小玲对我好。我真后悔啊！"老宋瞪着牛蛋眼说。

没想到，十几年了，老宋这货还想着小玲，心里还在刺挠。

我当然知道小玲的下落。但像老宋这样的人，我能告诉他吗？让他继续刺挠去吧！

好兄弟

一

王凯一筹莫展地窝在沙发上。手上的烟已经燃到指根，可他还是狠狠地吸了两口才扔在地上。

愁啊，眼见到了年关，可几个工程款一分都没结回来。

年年难，可哪年都没像今年这样难，难得连年都不好过了。

王凯是一个小包工头，带着一帮弟兄走南闯北，接活打工。今年的活特别难接，虽然勉强接了几个，可要账又成了大难题。年底了，他跑了几次，哪一家老板都是愁眉不展。王凯一分钱也没要回来。

怎么办，一大帮弟兄都眼巴巴地等着钱过年呢。

说好的，明天给小超和小鹏开工资。他俩都是自己的好兄弟。这几年，他俩跟着自己外出拼，没日没夜，出力流汗。他们挣的都是自己的血汗钱啊。

王凯又摸出一支烟。要么给弟兄们说明情况，让他们再等等？

要么等明年再说？

可这大过年的，怎么开口啊。

上个月小超结婚，家里花了一大堆，又借了一大堆。过年，一定等着这钱嘞。前几天，小超还领着媳妇来家里坐了坐，虽说没有开口提钱的事，可明显是等着这钱。

小鹏的老爹身体不好，吃药不断，家里还有一个上大学的妹妹。全家就靠他一个人打工挣钱。

还有那几个弟兄，每家有每家的难处，每家都在等着这瓢水添锅嘞。

王凯深吸一口，浓重的烟雾在眼前缭绕。

二

王凯扭脸看看正沉浸在剧情里的妻子小美，她的脸上洋溢着幸福的笑。小美长得白净，一笑脸上就有两个喜酒窝。当年，自己就是被小美这两个喜酒窝给迷住了。

要么和小美商量商量？赵凯犹豫着。

王凯走到小美身边，轻轻坐下。他温存地搂着小美的腰说："小美，我想跟你商量个事。"

"啥事？"小美一激灵，扭过头，甜甜地望着他。

"眼看要过年了，可今年的账还没要回来。明天，小超和小鹏肯定会来取工资，你看——"王凯吞吞吐吐地说。

"钱不是还没要回来吗？要回来了就给他们。"小美说完，又沉浸在电视里。

"我想，他们跟着咱干活也不容易，都是好弟兄。要么，咱先把钱垫上？"王凯试探着说。

"你今年可没给我拿回来钱啊。"小美听王凯这么说，就没了看电视的心情。

说这不假，今年王凯接的这几个项目，不仅没有拿回来钱，开工还都是自己先垫着。

"那你还有没有了？再拿出来点儿？"王凯搂着小美哄着说，"好老婆，救救急。"

"咱家有多少钱，你不是不清楚。就那点钱，还得月月还房贷，供家里的开销，妞妞的舞蹈班、钢琴班。上个月，你弟弟又拿走了几万。我想年底结了账会有钱，可谁知你一分钱都没要回来。"

"好老婆，就是咱艰难点，也不能亏待了弟兄们啊。"王凯搂着小美又是亲又是哄。其实，他知道小美还存有几万块私房钱。但作为丈夫，他不能强迫小美，他知道小美是通情达理的好媳妇。

小美知道王凯又在惦记她的私房钱。钱就是一个人的胆，在自己手里，干什么都有底气。如果没了钱，这年怎么过？以后的开销怎么办？这个家怎么办？

小美把头扭向一边，她不想接王凯的话茬。

王凯看小美不乐意，失望地站起来，又从口袋里摸出一支烟。

"你少抽一支吧。"小美扭过来把王凯的烟拿掉。小美是个善良的人，她见不得别人作难，更别说是自己心爱的人。她看着愁云满面的王凯，一阵心疼。这一段儿，王凯明显憔悴了许多，烟也比以往吸得多。她心疼王凯，毕竟他是家里的顶梁柱，家里的一切都是他辛辛苦苦挣来的。

她又想起小超和小鹏，他们都是王凯的好兄弟。每次来家里都是嫂子长、嫂子短喊得亲切。每次家里有事，他们都是跑前跑后。有次妞妞发烧，王凯在四川出差。他一个电话，不过十分钟小超就开着车赶了过来，二话不说抱着妞妞就下了楼。在医院两天两夜，都是小超忙前忙后。

那次家里的下水道堵了，小鹏拿着工具楼上楼下跑着倒腾。浑身上下弄得脏兮兮的，可他一点儿怨言也没有。临走，他还乐呵呵地说："嫂子，再有事，你就直接给我打电话，别再让凯哥给我传达了啊。"

都是好兄弟，钱不就是为人服务的嘛。自己存那几个钱的初衷，不就是为了解燃眉之急吗？

小美看王凯一筹莫展地窝在沙发里。她慢慢坐在王凯身边，温柔地理着王凯的头发："那你得答应我，钱回来了，一定给我补上。"

"一定的！好老婆。"王凯看小美答应，就一下子来了精神，他捧起小美的脸一阵亲吻，"放心，放心，我再给你加一万的利息。"

小美从衣柜里翻出那张银行卡，递给王凯说："还是原来的密码。"

王凯一把攥住小美的手，把她搂进怀里。

三

第二天，王凯把小美卡上的钱都取了出来，正好够小超和小鹏的工资。

中午时分，小超和小鹏果然来了。小美又给他们弟兄三个弄了几个菜。王凯把钱给了他俩，不好意思地说："让弟兄们久等了。"

"哥，钱要回来了？"小超惊讶地问。

"要，要回来了，不过，今年真难啊。"王凯抿一口酒说。

在厨房炒菜的小美难受地噙着眼泪。

小超和小鹏拿着钱满意地走了。王凯和小美却陷入了困境。

"没事，好老婆。只要弟兄们都过好了，咱难点就难点吧。"王凯搂着小美的肩哄着说。

小美靠在王凯的肩上默默地抹泪。

明天就大年三十了，可家里的年货还没有办，给亲戚朋友的礼品还没有着落。

夜里，窗外飘起了小雪，窸窸窣窣的声音更增添了几分寒意。

王凯和小美每人只吃了碗泡面。小美搂着妞妞，难受地坐在被窝里翻着手机，可她一点儿心情也没有。

"要么，你再给那几个老板打打电话，哪怕少给咱结点钱，让咱把年过了。"小美含泪给王凯建议。

王凯又拨通了老板们的电话，可仍然是没有结果。

小美真想叹口气：唉，看我们这年过成啥了。可她又不敢，她怕叹息让王凯难受。她只能把泪水往肚里咽。

寂静中，忽然门被"嘭嘭嘭"敲响。"谁！"两人一激灵。

"哥，开门！哥，开门！"是小超和小鹏的声音。

"这么晚了，他们怎么来了，钱不是都给他们了吗？"小美看看王凯。

"谁知道呢。"王凯赶紧穿衣，开门。

"哥，我们把年货给你准备好了。"小鹏和小超提着大包小包进了客厅。放下后，又跑下楼去搬。

"哎，哥，咱的钱还没要回来，你怎么说要回来了？"放下年货，小超喘着气埋怨王凯说。

"是啊，哥，你这太不把弟兄们当兄弟了吧。"小鹏也是埋怨。

原来，小超和小鹏拿到钱后，小超给公司打了电话，才知道是王凯先把钱给他们垫了。

"都是亲兄弟，你怎么能这样啊，哥。"小鹏说着从口袋里掏出一万元放在桌子上，问"嫂子呢？"

小超也把钱放在桌子上问："妞妞呢？"

"来啦，来啦。"小美穿好衣服，从卧室里出来。她看到客厅满满一大堆年货，脸上洋溢起幸福的微笑。她一笑，那迷人的喜酒窝更加迷人了。

"谢谢你俩啊，"小美赶紧给小超、小鹏倒茶，"要不是你俩，

30

嫂子这年还真不知怎么过嘞。"

"哥，打虎亲兄弟！我们有福同享，有难同当，怎么能让你一个人担呢。"小超埋怨着。

"是啊，哥，以后你可不要这样了，这样兄弟们担当不起啊。"小鹏也埋怨道。

"不说了，不说了。都是好兄弟。"王凯搂着小超和小鹏的肩。

三个兄弟紧紧地抱在了一起。

卖鸡蛋灌饼的小姑娘

纷纷扬扬的雪花，一会儿就把大地染得雪白。

我和几个来接学生放学的家长站在路口等孩子放学。女儿上初中，晚自习要到 8 点半才结束，所以天天得接。

今天天气不好，好多家长早早就来等着。有的打着伞、缩着肩、刷着手机，偶尔有一搭没一搭地聊几句。没有打伞的，跺着脚围在一个卖鸡蛋灌饼的小车旁。车上有一把大伞，一盏明灯。扑簌簌的雪花如飞舞的蝴蝶，围着小车纷纷扬扬。

我没有打伞。出门时，天虽然很冷，可没有下雪的意思。没想到，刚到路口，雪就飘了下来。

小北风飕飕的，我也向鸡蛋灌饼小车靠了靠。

卖鸡蛋灌饼的是一个小姑娘。以前，经常在这个路口看见她。但由于时间紧，来去匆匆，我很少关注她。

灯光下，小姑娘戴一个口罩，一头乌发盘在头顶。小姑娘的生意很好。她低着头，不停地忙着手里的活计。灵巧的双手在白铁皮板上飞舞着：揉面、擀面、翻转，烙饼、打蛋、灌饼、抹酱、夹菜，每一道工序都那么娴熟，给人一种艺术的美感。

特别是擀面，一根短小的擀面杖在她手里挥洒自如。面团随着她的手和擀面杖不停地旋转、翻飞，眨眼的工夫就变成荷叶一样溜圆、匀称、筋道、细腻的面饼。然后她将面饼挑起，轻轻放在另一边抹了油的电烤白铁皮上，这一串动作行云流水。

这边正加热，那边她又拿起一个面团，开始了下一个操作。

她忙着手里的活，偶尔抬头向四周看看。明净的大眼透着甜甜的笑意，算是对顾客的问候。

"一个饼多少钱？"一个家长问。

"5块钱。"小姑娘擀着面回答。

"5块不贵，一个饼一个鸡蛋，抹酱、夹菜，况且天这么冷。"一个家长说，"这都是工夫。"

"刺啦啦"，一股股葱、酱、火腿的香气从灌饼里飘出来，直往鼻孔里钻。

"给我来一个。""给我烙一个。""给我也来一个。"几个家长都被灌饼的香气诱惑。

"小姑娘，给我来一个。"我说着开始扫微信付款码。在那儿站了一会儿，就是不饿也想吃一个。

她抬头微笑着看我一眼，点点头。

饼烙好了，小姑娘终于直起腰来。她年龄不大，大概也就十七八岁，应该是上学的年龄。

"你怎么没上学？"一个四十多岁的阿姨接过小姑娘手里的

33

饼问。

小姑娘先是一愣，接着就咯咯地笑起来："不爱学习呗，不过我喜欢干这个。"

不大一会儿，小姑娘就卖了一二十个灌饼。

"俺爸妈身体不好，家里就我一个闺女。他们不想让我出去，我也不忍心撇下他们。就在家干活挣些钱。"小姑娘一边擀面，一边说。

"这妮儿也不少挣钱。干啥都一样，只要靠自己的双手挣钱。"一个家长嚼着灌饼说，"这小妮儿的手太巧了，这饼擀得多好啊。"

"嗯，好吃！好吃！一会儿再给我来一个，等孩子放学了，也让他吃上。"另一个家长给小姑娘交代着，又开始扫微信付款码。

大家围着暖融融的小车，一点儿也不觉得冷了。

孩子快放学了，小姑娘又忙碌起来。

雪停了。这时，一个外卖小哥在灌饼摊前停住了车。他从灌饼车前转到小姑娘身边，亲切地喊了声："婷婷。"

小姑娘听到喊声，停住了手里的活儿。她妩媚地瞟了那小哥一眼，说："别耽误事，你没看我正在忙吗？"

"婷婷，节日快乐！"说着，外卖小哥从背后拿出一束花，递到小姑娘面前。小姑娘一看，更羞涩了。

哦，原来今天是情人节。

梅　嫂

一

提起梅嫂，大家都会竖起大拇指。

因为"梅嫂馍店"的生意太火了，特别是年关那几天。我去了几次都没排上队，都没买上"梅嫂馍店"的大白馍。甚至连梅嫂的脸都没见着。

里三层外三层的顾客把"梅嫂馍店"围得水泄不通。有的人高举着手机，让店里的人看他的支付信息，有的人拎着馍从人群里艰难地挤出来。外面还有人举着手大喊："梅嫂！给我撇两篦啊！""梅嫂！给我撇三篦啊！"

梅嫂不是网红，可她以诚信、实干、善良赢得了消费者的心。

梅嫂靠自己一双勤劳的手，在艰难的经济环境中取得了喜人的成绩。她不仅在城里买了房，还供三个女儿上了大学。

梅嫂说，这都是被逼出来的啊。

二

我知道梅嫂为什么这么说，因为我们不仅是一个村的，还是邻居。她和梅哥结婚时，我还跑着抢糖、抢炮筒呢。

结婚那天，娇滴滴的梅嫂打扮得粉面朱唇，顾盼生辉，花枝招展。梅哥抱得美人归，喜得就差一点飞起来了。

要说梅嫂嫁给梅哥应该是幸福的。因为梅哥上面有三个姐姐，梅哥是家里的小奶干，一家人应该也会对梅嫂宠爱有加。

可事实不是这样。三十年媳妇熬成婆。梅嫂一过门，她婆婆就端起了架势，把她当媳妇时受的规矩拿了出来。她要梅嫂服侍她起床，给她端洗脸水、做饭、端饭、洗衣、喂猪、喂牛、上地干活。你想，那是 20 世纪 90 年代，已经快进入新世纪了。许多家把媳妇奉若明珠，可她婆婆还玩老一套。但梅嫂贤惠，婆婆让干啥就干啥，家里地里出力流汗，婆婆自然挑不出梅嫂的不是。

村里人都知道梅哥是个"横草不拿，竖草不抬"的主，可梅嫂不知道。结婚后，梅哥还是老样子，家里的油瓶倒了都不扶，只知道吃喝玩乐、游手好闲。家里的活梅嫂干了，可地里的活，没有男人还真干不成。梅嫂让他一块儿下地，梅哥不干，婆婆更不愿意让梅哥下地出力。

"我们娶媳妇不是让你来当大小姐的！就是让你来干活的！梅哥从来都没下过地，他哪能干得了这！"婆婆理直气壮地说。

要说也是，以前梅哥哪干过地里的活？家里的三个姐姐把啥活都干了。梅哥的待遇就是家皇帝。

"你们把我当牲口使！我也不干了！"梅嫂看这娘俩根本不把她当人待，就起了反心。

"反了你了！"婆婆上来就是两耳光，打得梅嫂眼冒金星。然后，婆婆又吆喝梅哥说："给我打！'打出来的媳妇，揉出来的面！'不打不管，蹬鼻子上脸！"

干啥啥不中的梅哥打媳妇还是有两手的。他上来就把梅嫂打翻在地，骑在梅嫂身上施展拳脚。本就瘦弱的梅嫂哪是梅哥的对手，她被梅哥打得哭爹叫娘。

还是路过的扈大嫂听到院里的吵闹声，进来把梅哥拉开，把梅嫂扶起来。梅嫂哭哭啼啼地回到屋里蒙头躺下。俺妈和左邻右舍都去劝。谁不知道梅嫂贤惠能干，谁不知道梅哥半吊子二杆子，谁不知道梅嫂婆婆老封建老顽固。有的说，有的劝，有的哄，有的晓之以理、动之以情。梅嫂婆婆才摁住了心神。毕竟她还指望梅嫂给她生儿育女传宗接代呢。

放学回家，听俺娘说起梅哥打梅嫂的事，我真想过去按住那个半吊子揍一顿。这么好的媳妇是让你爱、让你疼的，不是让你施展拳脚的。还有梅嫂婆婆，成天阴沉着驴脸，看着就不好相处。可惜那时我才上小学，打不过他们。

梅嫂真想一走了之。可回娘家又该怎样，怎么和老人交代呢？家里人知道了，除了生气能有啥法子？被封建思想禁锢的老娘总会说："天上下雨地上流，小两口打架不记仇。一家人在一起，哪能没个磕磕碰碰呢？有了孩子就好了。"

好在，梅嫂婆婆在街坊的劝说下，也让梅哥下地干点活，改了一些她那老思想，不再像以前那样拿捏梅嫂了。

可风平浪静了两年，梅嫂家里又起了风波。

三

村里和梅嫂一起结婚的几个媳妇都抱上了娃娃，可梅嫂的肚子一直没动静，这可急坏了她婆婆。

"你想怎么着？你是想让俺老梅家断子绝孙啊！"婆婆毫不客气地指着梅嫂的鼻子骂。

自知理亏的梅嫂只有打掉牙往肚里咽，忍气吞声。不但婆婆着急，回娘家，老娘也替她着急："你还是去医院看看吧，可不要有什么不得劲儿啊。"

自己会有什么不得劲儿呢？例假正常，一切都好好的。梅嫂拉着梅哥一块到医院做了检查。结果是，梅哥抽烟喝酒影响了精子的活动能力。婆婆知道是自己儿子的毛病后，也不再指桑骂槐了。梅哥也乖乖地戒了烟酒。

第二年就喜事临门。梅嫂生了一个白白净净的小公主。按说添丁进口，一家人应该高兴才是。可梅嫂婆婆的脸拉得比驴脸还长。她原希望梅嫂能给她老梅家生一个大胖男娃子传宗接代，可没想到是一个丫头片子。接生婆把孩子抱给她，她不接、不抱、不看，门牙咬得咯咯响。

在三个女儿苦口婆心地劝说下，婆婆也想开了。虽然没有如愿，但毕竟是生了。可梅嫂刚刚坐完月子，婆婆就给她下达了生二胎的死命令。

为了生二胎，可怜的梅嫂吃尽了苦头。但是好像命运专门和婆婆作对似的，梅嫂的第二胎还是个女娃。

这次婆婆不干了。她干脆不让梅嫂回家，无奈，梅嫂只得继续生，可第三胎仍然是女娃。

也许这就是命。婆婆气得扇自己的脸，哭天抢地："你真是要让俺老梅家断子绝孙啊！"

但梅嫂实在不能再生了。因为二胎三胎已经给她的身体造成了很大的损伤。另外，因为超生罚款还欠了一屁股债，家里值钱的东西都被没收了。如今家徒四壁。

在亲戚和街坊邻居的劝说下，婆婆才允许瘦弱的梅嫂回家。

没生男孩，哪有梅嫂的好果子吃。婆子整天骂骂咧咧："三个丫头片子，吃我们的，喝我们的，穿我们的，住我们的，最后还是竹篮打水一场空。"

梅嫂坐月子，婆婆也不再管了，家里连一个鸡蛋也没有。梅嫂抱着襁褓中的女儿只有以泪洗面。还是娘家老娘可怜自己的女儿，拿着鸡蛋来伺候梅嫂到满月。

梅哥是个没有主见的男人，他对老娘言听计从。梅嫂稍有不顺，梅哥就拳打脚踢，把几个孩子吓得哇哇大哭。

为了三个孩子，梅嫂忍气吞声。但她一直有个念想：如果有机会，一定逃出这个家。

四

大妞该上初中时，梅嫂带着三个女儿从家里逃到了城里。她决定和梅哥离婚，独自带着三个女儿生活。

梅嫂到了城里，在少林路的一条巷子里租了一间房。

那时，城里的人已经熙熙攘攘起来，梅嫂决定开一家馍店。

开馍店靠的是手艺，而梅嫂就有这手绝活。当闺女时，她就喜欢替娘蒸馍做饭，结婚后更是勤快。在村里，无论谁家修房盖屋、娶媳妇，蒸馍做饭都会喊梅嫂去帮忙。经梅嫂的手揉出的面，蒸出的馍，白胖胖，闻着香，吃着甜。每逢过年过节，梅嫂就忙得不得了。这家喊，那家叫，让梅嫂帮他们发面、揉面、蒸馍。

梅嫂和俺家是邻居，我经常吃梅嫂蒸的大白馍。我到乡里上初中，每次回家都会拉着妹妹去梅嫂家串门。其实是想吃梅嫂蒸的大白馍。梅嫂看见我，就会抓两个白花花的大白馍递给我，打趣说："吃了嫂子的大白馍，保你考个状元郎！"

我见过梅嫂蒸馍。她挽着袖子，在和面盆里，把胖嘟嘟的大面团揉得团团转，白光光。然后捧出来，像打太极一样在案板上再把面团翻来覆去地揉。那么大的一团面，被她灵巧的手揉来搓去，揉得温温顺顺，服服帖帖。梅嫂揉面时不说话。一缕秀发从额头上垂下来，随着她揉面的节奏，一摇一晃像迎风摆的杨柳，一根黑黝黝的大辫子在脊梁上滑来滑去。她的胳膊白嫩，脸颊红润，鼻尖上还渗着晶莹的汗珠。

大面团揉好了，把大面团切成小块再揉。小面团揉好了，然后揉成长条，想吃什么样的馍，她就做什么样的馍。红薯包、豆沙包、花卷、葱花油卷。梅嫂把面团拿在手里，三团两团，馍就做好了。

"梅嫂馍店"开业的第一天，梅嫂先蒸了两大笼大白馍。她的馍又大又白又软又香甜。她的馍笼一揭，整条街巷都弥漫着馍的甜香。她端着馍，给一条街上的门店一家两个送过去，让大家品尝。梅嫂的馍大，比城里所有馍店的馍都大。

人都有那么点占小便宜的心理。所以，"梅嫂馍店"一开业就赢得了客户。街上有几个扫大街的乡下老人，梅嫂给他们每人每天免费供应两个大白馍，这样梅嫂又赢得了口碑。

一个月后，梅嫂的馍就开始供不应求。几个超市的老板吃了梅嫂的馍，都想和梅嫂合作，让她给超市供馍。

梅嫂一个人，整天累得腰都直不起来。她想起了梅哥，虽然在家里受了他不少苦，可"一日夫妻百日恩，百日夫妻似海深"啊。好了伤痛的梅嫂，夜里也会想起梅哥的好。毕竟他是三个娃子的爸，毕竟两人也过了那么多年。在家里，他虽然不好，可那是受了婆婆的挑唆。如果他能跟自己出来……

梅嫂走了，梅哥像失去了魂魄一样，整天无精打采。

"看你那成色！"梅嫂婆婆熊梅哥，"她一个女人家，带三个孩子，能跑到哪里去？过不了几天就回来了！你要学着有点骨气！"

可梅哥就是一个没有骨气的人。梅嫂两个月没有露面，他就慌了。

梅哥听村里人说梅嫂在城里开了一家馍店。他得到这个消息后，也顾不得和老娘打招呼，连滚带爬地打车就窜到了城里。

小女儿娇娇看见梅哥吓得赶紧躲起来。可梅嫂不怕他，她故意转过身不看他。梅哥灰溜溜地站在梅嫂身后，半天才沙哑着嗓子，吞吞吐吐地说："菊、菊花儿，我、我想你和孩子了。你、你走了，怎、怎么不和我说一声？"那个在家里咋咋呼呼的梅哥，此时像一只可怜的小绵羊。

梅嫂扭过身，看着眼前这个憔悴的男人，她眼里噙着泪水说："你走吧，我不会跟你回去的，我出来了，你娘就不会让你打我了。"

"花儿，都是我不好，我、我对不起你。我、我不该那样对你。"梅哥颤抖着手，从口袋里摸出一支烟，哆嗦着点上。

满心委屈的梅嫂泪流满面，她哽咽着说："对不起也晚了，我们还是离婚吧，你再找一个能给你家传宗接代的，能让你娘高兴的。"

听梅嫂说要离婚，梅哥吓得腿都软了。"不、不，菊、菊花儿，我、我来找你就是想和你好好过日子，我、我改，我一定改！你、你给我机会。我、我会好好待你，好好待孩子的。"梅哥哽咽着，双手扶住梅嫂的肩膀。

这时，大女儿放学回来。她看见爸爸先是一愣，接着就欢喜地扑过去，哭着喊："爸爸，爸爸！"

就这样，一家人又团聚了。跟着梅嫂，梅哥像长大的孩子，他听梅嫂的话，梅嫂让他干啥他干啥。

"梅嫂馍店"的生意越来越好。梅嫂买了和面机，把自己解放出来。就是用上了机器，每一个馍梅嫂也都要过过手，揉一揉，团一团，保证馍的味道和质量。

"梅嫂馍店"除他们两口子外，又从老家找了四个伙计。每天四个大灶呼呼地烧着，每一个灶上都架着几米高的馍笼。馍熟时，伙计们要爬上梯子，才能打开笼盖。

一晃就是十六年。这十六年，"梅嫂馍店"前总是有人在排队。有时，队能排到大街上。

这十几年，无论馍怎么紧张，梅嫂都会保证这条街上四个环卫工每人每天两个馍。环卫工换了一茬又一茬，可梅嫂的爱心却从没间断。一天八个馍，虽然不多，可日子不敢长算。十六年，就是四万六千七百多个馍。

这十几年，梅嫂靠自己的辛劳，在城里买了两套房，三个女儿也都上了大学。大妮儿、二妮儿当了教师，三妮儿考上了公务员。

我们单位离"梅嫂馍店"不远，出门向左拐，步行五分钟就到。我第一次见梅嫂他们两口子，梅哥在和面，梅嫂在团馍，两个人有说有笑，配合默契。我在店门口站了好大一会儿，两口子才注意到我。

看见我，梅嫂惊得两手一拍，笑着说："哎呀，大兄弟，你咋来啦。"

第一次拿馍，梅嫂说啥都不要我的钱："嫂子要是收你的钱，这不是打自己的脸嘛。"她说着，使劲把钱往我的口袋里塞。梅哥也是一个劲儿地推让。

"小本生意，你们挣钱也不容易，"我也很执着，"嫂子，你不收钱，是不想让我再来了吗？"

无奈，梅嫂只好给我多装了两倍的馍。

自老婆第一次吃了梅嫂的馍后，就停不下来了。她每天都要让我买几个梅嫂的馍。老婆喜欢吃，我就给她买，吃馍总比吃肉强，肉吃多了，还要减肥。爱吃馍的老婆好养活。

这几年，都说生意难，可梅嫂的馍店，啥时候都是顾客盈门。就是疫情也没有影响梅嫂的生意。

受疫情影响，人们的收入减少了，可吃大白馍的钱还是有的。封控那些天，梅嫂的馍店更火了，因为城里十几家超市都是"梅嫂馍店"供货。这家超市催，那家超市要，梅哥和几个伙计忙得日夜不停。

年关，没有买到梅嫂的馍，老婆噘着小嘴嘟囔我："我让你早点儿去，你就是不听。看，这馍也没买上。"

"那咱买别家的，都一样。"我说。

"别家的不好吃，连一点儿面味都没有！"老婆不乐意。老婆不乐意，我就很紧张。

在我一筹莫展时，忽然接到了梅嫂的电话："大兄弟，这都大年三十了，嫂子给你留着馍，你怎么不来拿呀？"是梅嫂沙哑的声音。

世界杯后遗症

"进啦！进啦！球进啦！"大志跳着欢呼，这是大志进入国家队踢进的第一百个球，也是他在世界杯上踢进的第十个球。

太振奋人心了！太不可思议了！大志创造了前无古人后无来者的辉煌战绩！大志简直就是一个足球奇才，他一上场就扭转了被动挨打的局面，进球如行云流水。

"哎呀！"只听老婆一声惊叫，把大志从梦中惊醒。紧接着老婆一脚就把大志踹到床下，捂着肚子哭起来。

这已不是第一次了。

自世界杯开赛以来，一直处于亢奋状态的大志，夜夜梦里世界杯，夜夜梦里踢进球，夜夜梦里把老婆踢得哭爹喊娘。

有一次，他又梦见自己被主教练派上了场。当时的情况是，中国队对阵巴西队，中国队已吃了三张红牌，又被巴西队连灌了五球。情势如大厦将倾。

这时，大志被主教练派上了场。他一上场，就有五名巴西队员铁桶似的防卫他。但就算是梅西又怎样，罗纳尔多又怎样，就是马拉多纳也挡不住大志进球。

大志如有神助，一上场就展现了秘宗绝技。他一路盘球、带球、过人、回防、进攻，忽然间就到了门前，他临门凌空一脚。进啦！进啦！

谁知这一脚正踢在老婆身上，把老婆疼得"哎呀娘啊，哎呀娘啊"叫个不停，接着就是骂，就是踢、打、拧。

还有一次，他梦见自己带球进攻，感觉腿脚不是很利索。于是，他干脆用头在空中顶着球往前冲。很快，就到了门前，他又晃过两个后卫，后撤半步，来了个神龙摆尾，射门！进啦！又进啦！

在他欢呼时，谁知老婆的鼻子被他的头碰出了血。老婆捂着鼻子哭起来。他睁眼一看，原来老婆怕他夜里踢腾，把他的两条腿绑在了一起。

老婆一脸血红，捂着鼻子哭着骂："大志！跟你睡觉，简直就是冒着生命危险！把你的腿绑住也不消停！从今天起，你滚那屋睡去！别想再跟我睡！"

不让睡就不睡！睡觉哪有世界杯重要！于是，大志夹着被子去了另一间卧室。

要说老婆也很爱足球，他俩还是因为足球而相识、相恋、相爱的。

上一次世界杯，同学们都集中在学校广场前那个大屏幕下观看。他俩都是法国队的球迷，法国队的每一次进球都让二人欣喜若狂。他们欢呼、狂跳，忘乎所以。不知不觉两人的手就牵到了一起，胳膊就拐到了一起，最后拥抱到了一起。

毕业后，两人因共同的爱好结了婚。

痛快淋漓的世界杯，让人神魂颠倒。可没有中国队的世界杯，大志的心里总存着遗憾，总想振兴中国队。

可现实却让他屡屡失望。现实不行，那就在梦里振兴吧！

所以，这次世界杯，大志总在梦里代表中国队参赛。每一个梦里都能进球，每一个进球都是他大志踢进去的。进了球，大志怎能不欢欣鼓舞！可每次狂欢，都把老婆踢得遍体鳞伤。

老婆再也不敢跟他睡了。

世界杯结束了，可大志的"狂躁症"还没能停下来。他还是夜夜进球，夜夜狂欢，夜夜把被子踢到床下。

"治不了你的'狂躁症'，你就别想跟我睡！"老婆说是这样说，可明显看出，老婆是又想又怕，又爱又恨。

没办法，为了跟老婆睡觉，大志只好进医院到我的科室问诊。

我听了小两口的讲述后，对大志说："世界杯已经过去一个多月了，可你还狂躁不安，说明你病得不轻啊。不过这病不用吃药，来。"我把大志老婆的手拉过来，在她的手心写了一个字。

大志老婆一看，羞涩地一笑，揪着大志的耳朵走了。

后来，大志的"狂躁症"真治好了。

山壮的故事

山壮是俺村胡子最长、辈分最低、故事最多的人。不说别的，就他的"屁"故事三天三夜都听不完。

小时候，我们常听他讲他那传奇的"屁"故事。

山壮自己说，他是1934年生人，六七岁时正赶上大饥荒，饿得眼都绿了，看见什么就吃什么。他说，他是吃了一只癞蛤蟆没有消化，从此那癞蛤蟆就窝在了他的肚里。如果哪一天癞蛤蟆一难受就是一个屁。

他说，十一岁那年，他跟老表春生逃荒到山东。他们逃到菏泽，给一家富户扛长工。他小，负责放牛。春生比他大七八岁，给人家犁地、种地、割麦、扬场。他俩住在牛棚里，晚上还得喂牛。

有天夜里，他们睡得正香。偷牛贼就拨开了门闩，进了家。那贼把牛铃铛摘了，把牛蹄子用棉花包了，牵着牛就到了大门口。眼看偷牛贼就要得手了，谁知，这时山壮放了一个响屁，把偷牛贼吓得一个趔趄，丢下牛就跑了。

不用说，他的屁也把正做好梦的春生震醒了，春生恨得一脚把他踢到床下。他睁开眼，忽然发现牛没了，赶紧一骨碌爬起来，出去一看，大门开着，牛蹄子包着。两人暗暗庆幸，多亏了山壮的屁，要不牛丢了，怎么向掌柜的交代啊。

那富户的少东家参军打鬼子去了，两年都没回家。少东家俊俏的小媳妇整天愁眉不展。老掌柜两口子看在眼里，急在心上。

小媳妇十八九岁，生得细眉杏眼，杨柳水腰，水灵灵的大眼透着忧伤，把春生迷得神魂颠倒。

小媳妇给他俩做饭烧茶。盛饭时，春生总要偷偷多看小媳妇几眼，递碗时总要在碗底下偷偷摸一下小媳妇柔软的俏手。吃了饭，春生总要磨蹭一会儿才下地。他那两下子，岂能瞒得过山壮的眼？

一天夜里，山壮半夜醒来，一蹬腿，不见脚那头的春生。他以为春生去厕所了，可等了一会儿，也不见春生回来。他悄悄下炕摸出去。月光下，他看见黑乎乎的春生趴在小媳妇门前，一点一点拨小媳妇屋的门闩。

这还了得！山壮一着急，一个屁就在他肚子里隆起来。他一点一点地放出来，放得又响又长，就像吹起了冲锋号。这时，小媳妇醒了，老掌柜两口子也醒了。春生吓得哧溜一声窜回房间。但他的影子还是被老掌柜看见了。

他们被老掌柜辞退了。

从小媳妇家出来，春生一边走一边埋怨，骂山壮不该搅黄他的好事。

当他们走出村口，忽然，前面响起了轰轰隆隆的炮声。好多人从村外跑过来说："年轻人，快跑吧，鬼子打过来了。"两人急忙回转，随着人流慌慌张张往村里跑。可没跑几步，一颗擀面杖长的炮弹落在了他俩面前。

不知谁喊了声："趴下！快趴下！"他俩就势趴下。可那颗炮弹在春生眼前嘶嘶地冒着青烟，春生吓得尿了一裤子，拉了一裤裆，就等着死了。这时，山壮的肚子又难受起来。结果炮弹没响，山壮的屁响了。他的屁一响，炮弹哑了火。

春生认为是山壮的屁救了他的命。所以，后来春生不再埋怨了，而是好好地伺候着他。

他们躲了两天，结果还是被一队穿黄皮子，说话叽里呱啦的日本兵逮住了。

日本兵没杀他们，而是用刺刀逼着他俩和一群汉子去修炮楼。

日本小队长坂田看山壮又小又机灵，就让他帮助日本伙夫烧水做饭。那个伙夫是专门给日本兵做饭的。他做好饭后，让山壮端给炮楼里的日本兵。

山壮看日本鬼子那飞扬跋扈的样儿，真想揍死他们。他在等下手的机会。

一次，山壮端着饭盒走到炮楼拐角处。他故意让肚子翻腾起来，忽然，一个大大的屁就准备就绪了。他把饭盒放在地上，揭开盖子，迅速褪下裤子，对着那一盆炖鸡肉就是一个大闷屁。放了之后，他赶紧提上裤子，盖上盖子，端上去。后来，他听见坂田把那个日本伙夫叫上炮楼，抽了两耳光，把鸡肉摔在了地上。

1945年，小鬼子成了秋后的蚂蚱。在解放村子的战役中，有四五个日本兵守在炮楼里负隅顽抗。山壮、春生和几个汉子悄悄爬上炮楼。山壮对着炮楼内的鬼子就是一个闷屁。这个屁不响，可臭得很，就像日本鬼子放的催泪瓦斯。那几个鬼子被熏得又是揉眼睛，又是擤鼻子，又是打喷嚏。趁这个空当，春生和几个汉子冲进炮楼，有的抢棍子，有的抢铁锨，拍死了几个鬼子。最后一个也被他们摁住，绑了个"老头看瓜"。他们还从炮楼里救出了三个被鬼子糟蹋得不成样子的大姑娘。从这以后，他们参加了解放军。

当然，这几个故事，山壮讲得有水分。

可接下来的这两个"屁"故事，全村人都知道。全村人都希望我把他写下来。

1981年，山壮和村里的几个人去密县买牛。

他们在卢店镇上车。上车后，山壮发现一个二十多岁的年轻人。那人歪戴着帽子，斜叼着烟卷，贼眉鼠眼，流里流气，一看就像个小偷。快到下庄河时，很多人被车晃瞌睡了。那个挨着山壮坐的，去郑州进货的个体户女老板也睡着了。小偷悄悄靠近那个女老板，把手慢慢伸进女老板的裤腰里。（那年月，车上的小偷多，为防小偷，去进货的老板们都会把钱缝到内裤里，等到交易时再背着人掏出来。）就在这时，山壮的屁响了，这个屁短粗而响亮，就像53式迫击炮。那个女老板猛打个激灵，睁开了红彤彤的大眼。那个小偷的手还在女老板的裤头里抠搜。女老板也不是善茬，她一耳光子捆在那小偷的脸上，骂道："想占老娘的便宜？没门儿！"女老板的手上还戴了两个银戒指，那个小偷被扇得眼冒金星，捂着脸灰溜溜地窜下了车。

"多亏了老叔的屁啊。"那个女老板感激地看着山壮。

1996年，村里铝矿对外承包。当时铝矿区还属于村办企业，那是全村老少爷儿们的心血啊。可村委主任毛小武不顾众人反对，决定把铝矿承包给外村人，据说是包给他小舅子。当时，山壮作为德高望重的村委委员提出了不同的意见。但毛小武一意孤行，把山壮的话当成了耳旁风。

山壮被气得住进了医院。

毛小武为了稳住山壮，在城里，他和小舅子喝过酒后，就夹着公事包去医院看山壮。山壮不搭理他，把脸扭到一边。毛小武就一个劲儿给山壮表态说好话。

可好话有什么用？你已经生米做成了熟饭，已经把铝矿包给了你的人，山壮心里很生气。

一生气，山壮就放了一个闷屁，这屁代表了他的心声。

这屁太毒了。当即，毛小武感觉一阵眩晕。他打了个趔趄，胳膊就松了。胳膊一松，他夹着的公事包就唰地掉在了地上。中午，他和小舅子喝酒时，小舅子塞给他的一个信封也顺势从包里掉了出来，掉到了床下。毛小武没有发现。

毛小武知道这是山壮对他不满，他拾起包恼恨地说："老叔，我好心好意来看你，你不该这样对我！"说完，就气呼呼地走了。

下午，保洁员打扫床下卫生时，扫出来一个信封。她问了几个病号，没有一个人说是自己的。她打开一看，里面是一张毛小武的5万元定期存折，密码是5个8。保洁员当时就吓坏了。

山壮拿过来存折，看着上面毛小武的名字，就知道是怎么一回事了。

保洁员立即把存折上交了医院，医院又立即上交给了市卫生局，卫生局又立即上交给了市纪委。市纪委立即展开了调查。

果真是毛小武的小舅子在那天中午喝酒时，塞给毛小武的好处费。两人还口头约定，小舅子每年分两次给毛小武10万元。

谁都没想到，山壮的一个屁崩出了一个腐败分子。

山壮的屁已经载入村史了。

买 菜

一

正要下班，老婆的电话来了。我稳稳情绪，赶紧接："喂，有什么吩咐，请领导指示！"

为什么称老婆为领导？你想想在家里，老婆抓生活，抓生产，抓和谐，抓稳定，当然是领导。到家时，饭做好了；睡觉时，床铺好了；穿衣时，衣服叠得整整齐齐，太阳的味道和肥皂的味道扑面而来。你说老婆不是领导，那这些活儿咱能领导得了吗？

足足有八秒半，老婆都没有吭声。我知道她在那边乐嘞。就是要让老婆乐，老婆乐了有饭吃，想吃啥她做啥。老婆一乐，她就变得像小猫一样，她变成了小猫，家里就和谐了；老婆一乐，她就变成了云朵，她变成了云朵，家里就天高云淡了。现在是新时代和谐社会，和谐首先是家庭和谐。

"你顺路到你单位门口的那个超市看看，"老婆的声音很温柔，温柔得就像新棉花做成的新被子，盖新被子的第一夜，别提有多舒服了，"买些葱、西红柿、辣椒，咱这儿超市太贵了，比以前足足贵了一倍。"

我已经很长时间都不买菜了。为了支持我创作，老婆担起了家里所有的采买重任。这个任务忽然落在我肩上，我受宠若惊，又忐忑不安。

老婆是勤俭持家的一把好手。勤俭持家是我们劳动人民的美德，老婆的这个美德尤其突出。她总是嫌东西贵，买什么都嫌贵，买什么都要比比看看，挑挑拣拣，能省必省。虽说，财富不是省出来的，但咱靠死工资，一个月就那仨瓜俩枣，还得还房贷、还车贷、供孩子上学，家里老人也都七八十了。俗话说："马无夜草不肥。"可咱一个小职员，找了半辈子夜草也没找到一棵。你说，咱不省中不中？不省，这日子可咋过下去？在这一方面，老婆功不可没。为了帮我省钱，她把院子、房顶都开发成了菜园。不大不小的房顶，她摆了五六十个泡沫箱子。每个箱子都装上土，施上肥，浇上水，种上菜。一开春，她就开始倒腾。夏天豆角、茄子、黄瓜、辣椒、韭菜、西红柿，秋天是上海青、小白菜、香菜，冬天有蒜苗、菠菜。哪一样她都种得绿油油、脆生生，看着喜人，吃着美气。她常说："咱种的菜纯天然无污染，吃着安全放心。"确实，她种的菜不打药，不上肥料。平时，她把家里吃剩下的饭、削下来的水果皮、择下的菜叶子用塑料袋捂起来，放在泡沫箱子里或密封的塑料桶里发酵，然后和水一块浇到菜地里，菜长得格外精神。

现在是青黄不接的时候，只有上海青和小白菜长得喜人，可总不能光吃那呀。

"好的，保证完成任务！请领导放心。"我说。不是我说得好听，可咱不说得好听点，咱还有啥长处呢？老婆常说："你不就是识俩字吗？要不是这……"一句话说得我胆战心惊。

二

出了大门，向东拐就有一个大超市。我支好车子，整整衣襟，看看手表就准备进超市。

进入超市，直奔菜区。基本上所有人都是奔着菜去的。

一个个货架上，新鲜的蔬菜上头打着灯光，喷着雾气，像是沐浴在云蒸霞蔚之间。蔬菜们水灵灵、亮晶晶、翠生生。真能享受啊，这让我想起华清池里的杨贵人。

一棵棵青菜优雅地躺在这里，显得高端大气上档次。

我挨着货架寻找老婆吩咐的那几种菜。首先让我眼前一亮的是大葱。我定睛看了几眼，那是大葱吗？那是我们常吃的大葱吗？每一根大葱上都绑着一根红绳，苗条的大葱，玉一样的白，烤瓷一样的白，雪一样的白。我忽然想起两句诗："指如削葱根，口如含朱丹。纤纤作细步，精妙世无双。"这是葱吗？这是古典诗篇中的美人啊。我深情地看着她。可她却对我视而不见，她把脸仰得高高的，长长的睫毛遮掩着明媚的珠玉。一根红丝带系在腰间，挽在肩头，这是飞天的造型啊。我看看标签：精品，养生，环保大葱。"咝"，我吸了口凉气，真想骂一句："穿上红马甲就不认人了！"我正想动手，忽见上面一行字：非买勿动。我忽然想起论语上的一段话："非礼勿视，非礼勿听，非礼勿言，非礼勿动。"非买就是非礼，不买就是无礼。那先看看价格再说，我一看价格，乖乖，每千克12块6，一斤6块3。我犹豫起来。买，还是不买？我记得上次还是2块9一斤，买回家，老婆还埋怨了两天。这大葱，一根足有一斤多。

走，去看看西红柿再说。我刚走两步，忽然有人在我肩上拍了一下，我扭脸一看是一个老头，这老头倭瓜脸，板寸头，蒜头鼻，四方口。我愣住了：这谁呀？但瞬间我又想起来了。

"哦，你也来买菜啊？"那老头沙哑着嗓子问。

"哦，老雷，买菜呢？"我问。

"买菜，买菜。"老雷拎着手里三个白白胖胖的大萝卜让我看，"这一解封，菜都不会买了。"老雷紧接着说了一句。

老雷是我在桃园家属院认识的新朋友。

"你看看这还是菜吗？"老雷提着萝卜发牢骚说，"一斤萝卜1块3，你看看，小时候二分钱一斤都没人吃嘞，现在1块3还是最便宜的。"

"是贵了。"我说。

"不是贵了，那是真的贵了。这有啥主贵？不还是土里拱出来的吗？土里生土里长，他们把菜剥得干干净净，白刮刮，敬到台子上，打上灯，喷上雾。这和前几年舞台上那些赤肚子歌星有啥区别，净玩虚的。"

"这样干净卫生啊。"我说。

"可老百姓吃不起了啊。"老雷提高声音说。

"你还没买呐？"老雷又问，"不耽误你买了，买去吧。"老雷去挑菜，走了几步又回头对我说，"有空找你喷去啊，喷着老美。"

我看许多人都是空着两手转来转去，只好打电话请示领导。领导一听我汇报，说了句："天下乌鸦一般黑，你回来吧。"

相　亲

　　鸿铭大学毕业，怀着"天生我材必有用"的自信，开始了求职之路。

　　他看惯了电视新闻，里面领导的"指点江山，激扬文字"让他很受用，便也想找一个这样的工作。他拿着简历从这家单位出来到那家公司，从那家公司出来又到另一家单位。他在城里转了两个月，花干了老爹给他准备的求职基金，却一无所获。

　　这天，他退了房，正准备打道回家。忽然，门被敲响。

　　是不是楼下那家单位相中了自己？鸿铭想着赶紧去开门。

　　原来是房东老太太。鸿铭不解地看着她说："我不欠你的房费呀。"

　　"哦，小伙子，"老太太和善地笑着，"我看你在城里这么长时间也没找到工作，如果你愿意，我给你介绍一个。"

　　哎呀，真是踏破铁鞋无觅处，得来全不费工夫啊。鸿铭喜出望外，说："中中中，你怎么不早说呢？"

　　"前边，城中村开发，我儿子承包了一个项目，现在正缺人手。"那个老太太看鸿铭乐意，就继续说，"搬砖运沙，和灰上料，编钢筋打梁。虽说是出力活，可工资不少，去吧。"老太太满脸慈祥。

鸿铭一听，就不高兴："笑话！我一个大学生，给你们搬砖和灰！要是那，我还不如不上学呢。"

"你还年轻，有的是力气。可力气又存不住，不如先干着，等找到了好工作再走。"老太太好言相劝。

"太小瞧人了！真把我当苦力了！"鸿铭说完，背起包就回家了。

回到家里，鸿铭丧气地躺在床上。爸妈看鸿铭的表情就知道他没有找到工作，可也不敢多言。鸿铭在家里躺了半月。这半月，他大门不出，二门不迈，吃了睡，睡了吃。

老妈怕鸿铭闷得慌，就试探着问："铭，要不，你跟你爸去地里看看？往后坡挑几担粪？"

鸿铭一听，当即就不耐烦起来："我一个大学生，给你们挑粪？你不嫌丢人，我还嫌丢人呢！"

"唉，这孩子，上个学，咋变得这么倔嘞？"老爸抱着头没办法。

鸿铭家的烦心事被隔壁的四嫂知道了。四嫂对鸿铭妈说："婶儿，你不知道年轻人的心思，我有办法，保管让鸿铭顺顺溜溜的。"

"你有啥法子？"鸿铭妈不解地问。

"不知道鸿铭在大学谈朋友了没有？"四嫂问。

"不知道。"鸿铭妈摇摇头。

鸿铭的事，他妈当然不知道。老实说，从外表上看，鸿铭皮肤白净，身材高挑，是一个帅小伙子。追他的人，高中时有，大学时也有，但那些女同学都不入鸿铭的法眼。鸿铭认为，男儿当志在四方，当"大风起兮云飞扬"，当"大鹏一日同风起，扶摇直上九万里"。怎能让一个小女子困住了手脚。

其实，他这不过是狂妄自大、好高骛远的臭毛病罢了。

"那你问问。"四嫂给鸿铭妈出主意说，"算了，还是我问吧。"

那天，鸿铭正在院里捣鼓老爸给他买的摩托车。

四嫂笑嘻嘻地来了。四嫂是个标致人，个子高，身腰细，皮肤白，说话亮。她看鸿铭在擦车，就笑着说："哟，鸿铭，这车真漂亮，你擦车干啥去呢？"

"没啥事。"鸿铭看一眼四嫂，继续擦他的车。

"你来，嫂子给你说个事。"说完，四嫂就往她家走。

"啥事？"鸿铭站起来问。

"好事，没好事，四嫂会来找你？"四嫂说着走着。

"去吧，去吧。"老妈站在院里喜滋滋地说。

走进四嫂家，迎面看见一个穿着粉红长裙的姑娘。那姑娘正在逗四嫂家的小宝玩，看见鸿铭，羞涩地一笑。这是一个比四嫂还标致的姑娘，柳眉杏眼，粉面含春。鸿铭不由多看了一眼。

"来，四嫂的这个灯泡坏了，你看看，给嫂子换一个。"四嫂把鸿铭引到屋里，递给他一个灯泡。然后向院里瞧瞧说："哎，鸿铭。嫂子给你介绍个女朋友，你看咋样？"

提起女朋友，鸿铭的脸"腾"地红了。

"看你，像个大姑娘一样，你说中不中？"四嫂指指院里那个姑娘说，"这是俺表妹，叫紫鹃，今年刚19，比你小三岁。"四嫂看鸿铭不吭声，又问："你是不是在大学谈了？"

"没有。"鸿铭腼腆地说。

"那就好，你去，和我表妹说说话，去。"四嫂催促说。

来得太突然了，鸿铭一点儿心理准备都没有。他的心突突地跳着，以前的雄心壮志在这个美丽的姑娘面前荡然无存。他和四嫂走到院里，站在那真不知说啥好。还是四嫂的表妹大方，看鸿铭走过来，直起腰温柔地向他一笑。她波浪似的秀发披在肩上，亭亭玉立的身材婀娜迎风，明净的大眼透亮纯真。

"鹃儿，你俩聊一会儿，让我到鸿铭家借一个家什。"说着，四嫂抱着小宝走了，留下鸿铭和紫鹃在院里的葡萄架下。

葡萄架上缀满了紫红色的葡萄。

紫鹃看鸿铭没话说，就忽闪着大眼没话找话地指着头顶那串葡萄说："你看那串葡萄多鲜，来，你把那一串葡萄摘下来。"

鸿铭的眼从紫鹃的脸上扫向那串葡萄。紫鹃皮肤白净，面若桃花，那串葡萄晶莹碧透，玉润珠圆。

紫鹃说着走到上屋门口，去搬那把靠墙的矮梯子。

怎能让一个女子搬？鸿铭三步并作两步走上前，抓住梯子说：

"让我来，让我来。"紫鹃松开手，满意地看他一眼。两人挨得很近，紫鹃身上的茉莉花香味沁人心脾。

鸿铭搬着梯子，紫鹃找了把剪子。鸿铭把梯子安放在葡萄架下，紫鹃扶住又轻轻地晃晃，看梯子稳当不稳当。鸿铭踩着上梯子，紫鹃在下面小心翼翼地扶着。

鸿铭站在梯子上，一伸手就够到了那串紫红紫红的葡萄。平时，鸿铭恐高，站得高一点儿就感到头晕目眩。可今天，他一点儿也不头晕，还感觉挺舒服的。

站在高处，院里的一切一览无余。紫鹃仰着脸把剪子递给他。鸿铭一手拖着葡萄，一手小心翼翼地剪。几颗熟透的葡萄，已经迫不及待地从藤蔓上飞下来，扑向紫鹃。一颗落在她白净的手里，有两颗扑到她微微隆起的胸脯上。

鸿铭下梯子时，紫鹃微笑望着他。鸿铭一弯腰就欣赏到了紫鹃那迷人的容貌。她的脸白皙而透亮，她的脖子玉润而光洁，她的眼像藏着一汪纯净的湖泊。

等鸿铭安稳地站在地上，紫鹃才慢慢地松开双手。紫鹃接过葡萄，小心地捧到灶火旁，舀水清洗。她的手指圆润而灵巧，她的动作娴熟而轻盈。

葡萄洗好后，紫鹃微笑着先拿几颗放在鸿铭的手里，然后把遮着脸的几缕秀发拢到耳后。她的耳朵白净而透亮，耳垂像葡萄粒一样圆溜溜的。鸿铭咬一颗葡萄，那甜香的味道顺着舌尖一下子就浸润了他整个身心。熟透的葡萄没有一丁点酸味，这是爱的味道。

鸿铭也赶紧拿几颗递到紫鹃的手里，她愉快地接受了。鸿铭望着紫鹃，四目相对，紫鹃含羞地低下头。

紫鹃低着头，翘着兰花指把葡萄蒂拔下来，然后开始一点一点剥葡萄皮。她剥下的葡萄皮丝绸一样薄。剥了皮的葡萄水汪汪，亮晶晶。以前，鸿铭没有这么近距离和女孩子面对面坐着过。紫鹃的眉眼就像画一样，眉毛漆黑细腻，眼睛明亮有光，鼻子小巧秀气，颧骨隆起圆润。多精致的人啊，好似在哪里见过，鸿铭嚼着葡萄想，对了，在《红楼梦》里。红楼梦里有个紫鹃，有情有义，任劳任怨。

紫鹃抬头看一眼鸿铭，把葡萄放在嘴里嚼着说："嗯，真甜。"说着，她又拿起葡萄往鸿铭手里递："你吃，真甜！"她把葡萄含在嘴里咀嚼的样子真美。

鸿铭的心突突地跳着，这不就是自己梦里常见的人吗？

两人吃着聊着。鸿铭知道紫鹃没有考上大学，但她对大学有一种崇拜和向往。紫鹃下学就自己创业，在城里开了一个服装店。平时，她不断学习服装知识，了解服装潮流，把服装店经营得风生水起。

紫鹃的美、善良和睿智就是一所好大学。听紫鹃说话如沐浴春风，鸿铭深受启发。一个人无论学历高低，只要丢掉幻想，放下身段，踏实肯干，都能慢慢实现自己的人生价值。

中午，他们在四嫂家吃了饭。下午，紫鹃要回城里，她要鸿铭去送她。

美好的时光总是那么短暂。鸿铭回到家里，突突突发动着车。

老妈满意地看着他，那意思是说：铭，咋样？你四嫂给你介绍的对象咋样？

鸿铭向老妈笑笑，那意思是：妈，这还用说吗？我要送她去城里呢。

鸿铭骑上摩托车，紫鹃坐在他身后，那温暖一下子从后背暖遍了全身。

鸿铭骑着车，就像骑着马儿一样。鸿铭载着紫鹃，就像载着梦儿一样。幸福的人生旅程就这样开始了。

一记耳光

三旺接住丽花递过来的茶杯，刚要喝，电话就响了。他拿起手机一看，是乡办公室秦主任打来的，就赶紧坐正身子，郑重地接通："喂，秦主任好——"他还想往下说，秦主任就打断了他的话："三旺啊，苗书记想去你厂里视察一下，你准备准备。"

三旺一听，立马从老板椅上站起来："好，好，欢迎，欢迎，秦主任，什么时候？"

"根据工作安排，今天上午。不过，现在苗书记正在市里开会，回来就去。"秦主任说完就挂断了电话。

"好，好，好！"三旺连说三个好。

杨三旺太激动了，苗书记来大弯镇任职两个多月了，听说她已经视察了好几家企业，可就是没来他三旺的"大弯实业建材厂"。有几次夜里，三旺想："是不是，苗书记对咱有啥想法？这个苗书记是不是也和上个书记一样？"三旺失眠了。

三旺这两年太不容易了。工厂就没正常生产过。干干停停，三天打鱼两天晒网，干的时间还没有停的时间长。有时刚通知可以干了，可机器还没打开，就又通知停工。

"看你激动的，啥好事？"丽花微笑着问。丽花和三旺是高中同学，她粉面桃花，杨柳细腰，个子比三旺高半头。她是他们班的班花，三旺啥也不是。想一百圈，丽花也不会看上三旺，可命运造化，她硬是被三旺搂在了怀里。

　　"好事！苗书记要来咱厂视察了！快通知办公室、企划部、企管部主任到小会议室开会！"三旺激动地布置着。

　　"领导来会有啥好事？还不是挑你一堆毛病，找你一堆不是？你忘了，去年那个领导——"丽花还没说完，三旺就瞪着眼说："别啰唆，快通知。真是女人家，头发长见识短。这是一件大事，也是一件重要的事，必须慎重。"

　　丽花没有多言，白了一眼三旺，扭头通知去了。

　　厂里的卫生就不必说了，大门口摆上花篮，门头挂上条幅："热烈欢迎领导莅临指导工作"，厂里的电子屏也打上了字幕。又选了几个身材苗条、气质高雅的女员工做好迎宾。办公室小马挎上照相机，准备随时抓拍书记的精彩瞬间。企划部小郭拿着录音笔，准备随时记录书记的最高指示。

　　一切都安排好了，三旺和丽花回到办公室。"苗书记第一次来厂里视察，必须给领导留一个好印象。"丽花开始给三旺做形象设计。发型不用说了，三旺刚刚理过发，理的是那种流行的萝卜头：头顶一撮毛，周围刮得精光。

　　"你得穿西装。"丽花开始给三旺翻衣服。丽花拿出一套在三旺身上比比，不行。这两年三旺的肚子大了，脖子粗了，头皮厚了，脑袋更圆了。

"你快点吧。"三旺催促。

"这一身还差不多。"丽花翻出一套银灰色西装。

穿西装，必须穿衬衣、打领带。丽花给三旺找了几件衬衣，都不合身。终于找了一件合身的，可一穿，还是显得人胖衣服瘦，不过还算凑合吧。

系上扣子，三旺就出不来气，喉咙嘶嘶啦啦，像在冬天犯了气管炎。丽花又帮三旺把扣子解开。

三旺确实是胖了。

这两年开一个厂真是太不容易了。镇企业发展服务中心的领导、经济管理办公室的领导、经济经营管理服务中心的领导、财税办公室的领导，还有市里主管部门的领导，各个部门都来关心，都来视察，都来指导工作。他们隔三岔五来转一圈，嘘寒问暖，热情服务。他们说的都是道理，都是规范，都是为了企业发展。他们一指导就到中午，一指导就到了月上柳梢头。有时候，三旺真想躲一躲啊。可，科长来了，你不陪中吗？就是一般的工作人员来，也点名要三旺作陪。

丽花站在大门口望了几次，仍不见书记车队的影子。办公室的小马仰脸看看太阳问："嫂子，书记啥时候来啊？"

是啊，书记啥时候来？三旺小心翼翼地拨通了秦主任的电话："秦、秦主任，书、书记啥时候到？"三旺有点紧张。

"等着吧，书记开完会就去。"

等着，等着。

门口有迎宾，厂内有二叔巡逻。三旺又回到办公室。

三旺总感觉心里不踏实，总感觉还有什么事需要再捋捋。"哎，对了，"三旺把翘到老板桌上的脚放下来，松松脖子上的领带对丽花说，"来来来，咱演示一下，苗书记来了，我怎么迎接她。这是礼仪。"三旺站起来。

丽花撇撇嘴："那能咋迎接，握个手吧，那还能拥抱？"

"咦，人家是书记，还是女书记，咱不能马虎。"三旺说，"权当你就是苗书记，来，咱演示一下。"

"中。"丽花想了想站起来。

"你从门口走进来，我迎上去，握住你的手。"三旺让丽花从办公室门口走进来。

"你拉你的倒吧，你还等书记进门，你当你是国家元首接见外宾呢？你还不站在大门外等着去！"丽花抢白三旺说。

"对对对，看看，这就是问题，一演练不就出来了吗？咱必须在大门外等，而且必须在50米开外等。"

"来来来，权当你下车，我迎上去。"三旺指使丽花说，"你从门口走进来，权当是下了车。"

"好吧。"丽花说着扭着屁股走出办公室门，然后返身回来。

三旺笑着迎上去："欢迎，欢迎书记光临指导。"说着三旺伸出双手去和丽花握手。

"停！"丽花说，"到底是'光临指导'还是'莅临指导'？咱外面条幅上小马写的是'莅临'。"

三旺停下手想了想问："'丽琳'是什么意思？丽琳不是你二姐吗？"

"你呀，"丽花在三旺的头上点了一下，打开手机查了查说，"是这个'莅临'，莅临显得有文采。"

"好好，莅临就莅临。咱再来一次。"三旺提提衬衣领子说。

丽花拢拢头发，又扭着屁股走出办公室，然后折身进来。

"欢迎，欢迎书记莅临指导。"说着，三旺迎上去，紧紧握住丽花伸过来的手。

"停！"丽花一甩手说，"你用恁大劲干啥，意思到就中了，你用恁大劲，会把书记的手握疼的！"

三旺无奈地看看自己的手，甩甩说："对对对，书记的手一定是白白嫩嫩的，尤其是女书记的手。"

"你看看你那手，榆树皮一样，你知道人家书记的手多娇嫩？你要慢慢地握住，稍稍用一点儿劲就中了。"丽花指导着。

三旺点点头，向丽花伸出大拇指："不愧为高参！"说着，三旺抬腕看看手表，已经11点了，可书记还没来。

"三旺刚想给秦主任打电话，秦主任的电话就来了："喂，三旺啊，市里的会议现在还没结束，估计苗书记今天上午回不来啦，下午吧。"

"那，那，那，"三旺忽然不知说啥好了，"秦、秦主任，我什么都准备好了啊。"三旺确实是什么都准备好了。书记来最少带十个人，十个人的酒席，他准备得足足的。"那，下午吧，下午苗书记回来就去。"秦主任说完就挂了。

三旺本想骂一句，可话刚一出口就赶紧咽了回去。三旺把西装脱下来撂给丽花，把领带解下来扔在老板桌上。人也像泄了气的气球，歪在沙发上："通知所有人，放松警戒，下午再说。"

"白忙活了半天。"丽花嘟嚷着拨通了办公室小马的电话。

可还没过五分钟，三旺的手机忽然又响了。三旺抓起手机，秦主任的指示就到了："喂，三旺啊，苗书记会议结束了，正准备往回赶。"秦主任说完又挂了电话。

三旺立马从沙发上弹起来："通知所有人，通知后厨，一级战备。"三旺说着又开始系领带，穿西装。

"别慌张。"丽花替三旺整理着领带说，"书记来了，你好歹整几句欢迎词，把咱厂大概介绍一下。"

"那让小马写个稿子，我念念。"三旺把指头伸进衬衣领子里撑撑，伸伸脖子说。

"不用，你看几点了，书记来你简单介绍几句，还不吃饭？弄恁长干啥？"丽花替三旺拉拉西装。

三旺眨巴眨巴小眼，理了一下头顶那撮鸡冠毛，站在老板台前。他想了想说："你，你听听我说的中不中。"三旺一紧张就结巴。

"不要紧张，放松点。"丽花给他打气。

三旺抬腕看看表，已经11点50了，时间太紧了。"尊、尊、尊、尊敬的苗书记，您、您好！"三旺结巴起来。

"你看你，平时那股雄劲哪去了？"丽花瞪着三旺说。

"哎呀，说不来，我这心里咋这么紧张呢？"三旺说着又开始练习，"尊、尊敬的、的、的苗书记，您、您好！我是山海市——"他忽然停住了，望着丽花问："咱的厂名叫啥啊？"

丽花笑得捂着肚子说："三旺啊三旺，你真是个羊蛋货，牵到事上没牛了。咱是大弯实业建材厂啊！"

"别打击我！"三旺瞪一眼丽花继续说，"我、我是山海市大弯实业建材厂的总理，不不不，是经、经理，杨、杨、杨、杨——"三旺的头上冒了一层汗，他又看着丽花问："我叫杨啥来着？"

"你叫羊蛋！"丽花指着三旺说，"你紧张什么啊？书记还没来你就紧张成这熊样，要是书记来了，你不得拉一裤子？书记也是人，特别是女书记，说不定更温暖，更体恤民情嘞。"

"就是女书记，我才紧张嘞。"三旺擦了一下额头上的汗说。

"平时你那霸蛮劲哪里去了？你就权当我是苗书记！苗书记就是我，就是你老婆！"

丽花一点，三旺醒了，胸中的血翻卷着涌上来！

12点半了，苗书记到底来不来？

"你问问吧。"丽花提醒三旺。

无奈，三旺只好拨通了秦主任的电话。"哦，对不起，对不起，三旺啊，苗书记是回来了，可苗书记说中午了，在单位火上吃点儿，下午去。我一忙也忘通知你了，准备着吧，下午一定去！"

说完，秦主任挂了电话。

1点，2点，3点了。

"书记吃了饭肯定要午睡。"三旺看着表安慰自己。"是啊，午睡有长有短。"丽花从厂区转了一圈回来说。

5点，6点，6点半，太阳的余晖把整个厂区涂抹得金碧辉煌。

书记一定不会来了。

"你再问问。"丽花又去车间转了一圈回来。

"不问了！爱来不来！净折腾人！"

可三旺的话刚刚落音，电话就一阵炸响。三旺抓起手机，还是秦主任的电话："喂，三旺，苗书记已经去过你们厂了？"

"啊，什么时候？我怎么不知道？"三旺惊出一身冷汗。

"苗书记是搭一辆拉货车去的，看了你厂的环境和生产情况，没有惊动你们。"秦主任说。

"这，这，这。"三旺又紧张起来，"我的大主任啊，你怎怎怎不告诉我一声啊。"

"对不起，我也是刚知道，是苗书记从你们厂回来才告诉了我。她今天在市里开了'营商环境大会'，对你的处境有所了解，所以先去摸摸底。"秦主任说。

挂了电话，三旺一耳光子扇在自己的嘴巴上。

超市的秘密

收银员马燕看新来的收银员秋霜，越看越顺眼，越看越喜欢。

秋霜细条条的身材，瓜子脸上一双明亮亮的大眼睛。马燕想把秋霜介绍给她哥当女朋友。

马燕的哥大学毕业后，没有找到合适的工作，就在另一个城市里送外卖。提起这，她爸就生气，她妈就嘟囔："咱花了恁多钱让你上学，没想到你天天跑着送外卖。"不是妈妈唠叨，主要是妈妈心疼哥哥。送外卖"起得比鸡早，睡得比狗晚"，寒来暑往，风吹日晒，看着都让人心疼。

秋霜长这么好，会不会有男朋友了？马燕想，就是她有男朋友，也要把她挖过来！如果她能和俺哥生一个大侄子，那一定貌比潘安。所以，只要有空，马燕就主动找秋霜套近乎。这样，一来二往，两个小姑娘就成了无话不说的好朋友。

这天下班，马燕请秋霜吃凉皮。马燕看着秋霜粉白的小脸问："秋霜，你有没有男朋友？"

秋霜没有说话，只是含羞地摇摇头。

"呀。"马燕的心突突地跳着，她激动地说，"我给你介绍个吧？就是我哥。"

秋霜忽闪着大眼看着马燕。

"我哥绝对优秀，我哥绝对帅气，我哥绝对配得上你！"马燕连用几个排比句来强调秋霜和她哥哥就是"天生一对，地长一双"。接着，马燕又把她哥哥夸得比潘安还帅，比李白还有才。

真是无巧不成书，本来秋霜看马燕长得俊俏，个子也不低，正想把马燕介绍给她哥哥，没想到马燕倒先开了口。两个小姑娘都了解对方的底细，于是一拍即合，相互指着对方的鼻子笑道："咱这是亲上加亲啊。"

马燕喊秋霜嫂子，秋霜反过来也喊马燕嫂子。

一喊嫂子就成了一家人，既然成了一家人，马燕就想把她在超市发财的秘密告诉秋霜。

一天下班，两个小姑娘并肩走着。

"嫂子，我给你说，咱在超市工资这么低，不想点办法可不行啊。我有个发财的秘密，你试试，包你一个月挣得比工资多得多。"马燕神秘地把小嘴凑在秋霜的耳朵上。

秋霜也向马燕靠靠，说："嫂子，你说。"

"嫂子，"马燕向四周瞧瞧，小声说，"在结账的时候，如果来的是老人、小孩，或者是匆匆忙忙的男人，你就把他们买的物品中的一样或者两样打成双份。那多出的一份，等咱下班和公司结账时扣下来，就是咱的了。如果被发现了，咱就说不小心敲错了，退还他们；如果没人找，那就是咱的了。这也是上一班的一个好姐妹告诉我的。"

马燕又强调道："嫂子，你千万记着，妇女的可不敢弄错。那都是马蜂窝。"

"那敢吗？"秋霜小声问。

"那有啥不敢的！即使他们来找，咱还要看小票。有的人出门就把小票扔了，就是有小票，来了咱也不承认。如果要查监控，那就让他查好了。真查出来了，咱就说人多，一忙出错了，把钱退给他就是了。半天结这么多账，谁不会出错？不过来找的人不多。我告诉你，我运气好的时候，一个月能弄这么多。"马燕给秋霜比画着。

"那要是超市查出来了，怎么办？"秋霜明显胆小。

"我说嫂子，'撑死胆大的，饿死胆小的。''脸皮厚吃个够，脸皮薄吃不着。'我还是那句话，电脑还出错嘞，何况咱人嘞。真查出来了，咱也装得很无辜。多说软话、好话，伸手不打笑脸人。"马燕理直气壮。

"那……"秋霜还在犹豫。

"嫂子，你就大胆地干吧！"马燕给秋霜打气。

这天，马燕又作弊了两笔。完成后，她向秋霜比了个胜利的手势。

但秋霜仍忐忑不安，她真怕人家来找。可马燕像没事人一样。结果，直到下班也没人来找，这下秋霜的心才落了地。

马燕请秋霜撮了一顿。她鼓励秋霜说："嫂子，上个月我弄得比咱的工资还多三倍。你看我那新电动车，也就是半月的工夫。你要大胆干起来！改天等俺哥回来了，我引着你俩见见面。"

第二天，马燕和秋霜调成了对班。秋霜想，马燕说了好多次，管他嘞，大胆试试再说。

这时，正好一个帅气的小伙子推着购物车过来。秋霜想着马燕的嘱托，就想在这小伙子身上试试水。秋霜面带微笑地看着那个小伙子，看得那个小伙子都不好意思起来，只顾低头结账。他总共购买了 226 元的物品，秋霜给他结了 286 元。小伙子看看单子犹豫了一下，秋霜的心也扑腾了一下。好在那个小伙子羞涩地推着东西就走了，出门还把小票扔在了垃圾箱里。

谢天谢地，秋霜长长出了口气。直到下班结账，那个小伙子都没来找。终于成功了，秋霜偷偷给自己比了一个胜利的手势。

第三天，第四天，天天都有收获。第四天，有一个小姑娘来对账，秋霜笑着诚恳地道歉、赔不是，退了钱也就过去了。

一星期后，秋霜正在值班。忽然，马燕打来电话："嫂子，俺哥今天回来，中午下班来俺家里吃饭啊？"

秋霜一阵脸热，心里扑通扑通跳个不停。心想马燕的哥该多帅啊，那一定是自己朝思暮想的白马王子。

今天鸿运当头，干两笔！秋霜给自己下达了指标任务。

这时，一个精致的小伙子推着购物车走过来，秋霜笑脸相迎。

这小伙子买了一大堆菜和肉，一下子结了四百多块的，秋霜结账时整整多结了 99。小伙子扫了微信拿着票就走了。秋霜看着小伙子，心里默默念叨着：把小票扔了，扔了，扔了，快扔了！可那小伙子却把小票装进了口袋。

刚办完业务，马燕的电话就来了："喂，嫂子，我去洗个澡。我洗完澡，你正好下班，咱俩一块儿回去啊。"

"好嘞。"秋霜得意地答应着。她想把今天的收获好好在马燕面前炫耀炫耀。

正准备换班，忽然，刚才那个精致的小伙子匆匆赶来。他走到秋霜跟前，掏出小票，疑惑地看着秋霜说："你看看，你是不是把账算错了？我这份排骨，这份里脊肉是不是算成了双份，你看看？"

"不会吧？不可能吧？让我看看！"秋霜装模作样地接过小票，看了看，然后不高兴地说："不可能！你肯定是买的双份！"

"我买了几份我不知道？我自己吃的，我分开买干啥？你要不出错，我会来找你？我没事闲得？"小伙子看秋霜不承认就不高兴了。

"反正不会出错！你不要无事生非！"秋霜脸拉得长长的，心里却骂起来了：真是个小气鬼！

"你们店长嘞！查查监控，看我到底买了几份！"小伙子生气了。

这时，店长走过来，她接过小票，就去查看监控。秋霜的心突突狂跳起来。

一查监控，秋霜现了原形。

店长不客气地说："你一周连续出现两次失误，必须罚款，当场兑现！"结果，秋霜被店长罚了200元。

秋霜心疼得泪流满面。

一会儿，马燕来了。路上，秋霜把今天的遭遇给马燕诉说了一遍。

马燕安慰秋霜："嫂子，没事，常过河哪有不湿鞋的。那200元权当喂狗了，那99元权当喂鳖了！没事，中午让俺哥给你补回来就是了！"

两人说笑着，一会儿就到了马燕家。

一进门，秋霜傻眼了。原来，那个找她算账的小伙子正是马燕的哥，正是自己的相亲对象。

温柔赌局

蒋局是远近闻名的大烟鬼。无论大会小会，无论吃饭睡觉，他都烟不离口。

蒋局吸烟有一个习惯，那就是烟一上嘴，直到燃尽，嘴才闲下来。可他的嘴什么时候能闲着呢？他总是这支烟还没吸完，下支烟就又接上。他还有一个习惯，就是烟总在嘴角夹着，不是左边就是右边。他一边吸烟一边说话，一边吸烟一边讲话，从不耽误事。为这，我和办公室主任苗丽还打过几次赌呢。

苗主任是个美女，她身量苗条，粉面含春，朱唇带笑。那时我正想追她，当然苗主任对我也有意思。毕竟我们在一个办公室一年多了，都刚大学毕业，我单身，她也单身。我说："苗妹，今儿中午咱俩打个赌，你说蒋局的烟现在是夹在左边，还是右边？如果你猜对了，今天中午我请客；如果你猜错了，今天中午你请客。"

"好啊！要说你早该请我客了。"苗主任拢拢耳边的秀发，妩媚地看我一眼，笑着说，"我猜，在左边！"

"那怎么验证？"我问。

"别急，让我给蒋光头打个电话，他准下来。""蒋光头"是大家对蒋局的爱称。苗丽笑着拨通了蒋局办公室的内部电话，柔声说："蒋局啊，您看啊……"苗丽说了一半，就把电话挂了。

"哎，你怎么不把话说完就挂了？你这，你……"我胆怯地问，"你这不是糊弄领导吗？"

"傻瓜，我把话说完，他还能下来吗？等着，三分钟内，他准下来。"苗丽眯着眼歪着头，俏皮一笑。

果然，一分半钟不到，老蒋就从楼上蹿了下来。他推开门一看，我也在，脸上的微笑瞬间就凝固了，然后一本正经地说："苗丽，怎么回事？你怎么不把话说完？"

"啊，是这样。"苗丽笑着，然后急忙给蒋局倒茶，"哎，对了，蒋局，今天中午我请客，咱去吃'鼎流火锅鱼'咋样？"

我的眼一亮，心中窃喜：蒋局的烟夹在嘴角右边，苗丽，你输啦！

蒋局嘟囔着走了。至于他说的啥，我一句也没听清楚。

那天我和苗丽到"秋堂斋"撮了一顿。苗丽真是娇柔可爱。吃饭时，她温柔得像一只小猫，还时不时忽闪着大眼看我，看得我不好意思起来。我只得低头猛吃。吃完后，苗丽去结了账。结账后，我明显看出苗丽的眼神不对，我说："苗丽，我把钱给你吧？"

苗丽笑笑说："你这是什么话？我输了，哪能让你掏钱。"

过了几天，苗丽主动和我约赌。结果蒋局的烟又夹错了嘴角，苗丽又输了。

其实，这次我是真心想让苗丽赢啊。她赢，我就输，我输，我就掏钱。可她又输了。这次，我们去"嵩山兰亭雅居"吃了一顿素斋。吃完饭，苗丽看看我，又看看窗外淅淅沥沥的秋雨，坐着没动。我很想去结账，我摸摸口袋。可我又想，我去结账，苗丽会不会不愿意啊？毕竟她输了。我说："苗丽，我去结账吧。虽然你输了，可……"

苗丽抬头看我一眼："我输了，愿赌服输。哪能让你替我结账。"说完，苗丽起身去结了账。但这次，苗丽的表情更不自然了。

不行，我必须输一次，不然这太不够意思了。

过了几天，我约苗丽，说："苗丽，咱再赌一次咋样？"

苗丽翻一下眼皮，不屑地瞧我一眼，说："你的运气太好了，我赌不过你。本来呢，我不想再和你赌了，不过，你既然想赌，就再给你一次机会。这次我赌在左。"

苗丽又拨通了蒋局的电话。可这次，过了十分钟，蒋局才慢吞吞地从二楼下来。

蒋局还没下来时，我在心里不断叨念着：蒋局啊蒋局，你一定把烟夹在左边啊，让我输一次！老天保佑，菩萨保佑，南海观世音保佑让我输一回吧。

也许是我的诚心感动了神灵，这次苗丽终于赢了。

但这次，蒋局的脸色很复杂，眼神也很复杂。他严肃地看看我，又一本正经地看看苗丽，说："苗丽，你跟我上来一趟。"

苗丽被蒋局叫走了。

我在办公室等，一直在等。直到下班，直到12点半，直到1点，直到下午大家都来上班，苗丽才懒洋洋地从楼上下来。她的脸红扑扑的，浑身软绵绵的。

我忍着肚子的咕噜声，说："苗丽，你赢了啊！咱中午的饭局……"

苗丽慵懒地抬起眼皮，有气无力地说："今儿中午我吃得饱饱的，你自己吃去吧。"说完，她拢了拢头发，趴在办公桌上。

第二天，我请苗丽吃饭。她白我一眼，没有接我的话茬。

之后，我越来越请不动苗丽了。后来，她升成了苗局，调出了办公室，再后来又升了苗处，现在也不知升到哪一级了。可我还在办公室写材料，一写就是二十多年。

朱苟认爹

"朱苟"这名是他爹娘起的，为的是好养活。

因为这名，朱苟没少被同学们嘲笑。只要他犯错误，同学们就骂他"猪狗"不如。

回到家里，朱苟埋怨老爹："你怎么给我起了个这名，听着就不是人。"

听到朱苟发牢骚，他爹嘿嘿笑笑，把烟袋锅往鞋底子上磕磕，说："苟儿，这有啥难听的，当时你爷给你起的名叫'茅缸'，你奶奶不乐意，才给你改了个这名。多少人都叫'苟儿'，咱村也有不少'苟儿'嘞，为的是好养活啊。"

那年月，农村就是这观念，给孩子取的名越贱越好养。

"那'苟儿'就罢了，为啥咱又偏偏姓'朱'？"朱苟对他的姓又产生了怀疑。

"朱是老祖宗留下的姓，姓朱咋啦，咱祖上还出过皇帝嘞！"老爹看朱苟不高兴，就给他搬出了朱元璋。

"我是说，朱就朱，苟儿就苟儿，为啥要连在一起？朱苟，朱苟，多难听！"朱苟步步紧逼，逼得老爹哑口无言。

半天，老爹才吞吞吐吐地说："那、那要么咱到派出所去改改？"

想改名字哪是容易的？派出所让朱苟回去到大队开证明：证明这个"朱苟"不是那个"朱苟"；证明这个朱苟是真"朱苟"，不是假"朱苟"；证明这个"朱苟"是老朱家的"朱苟"，不是老李、老牛、老侯家的"朱苟"；证明"朱苟"为啥不想叫"朱苟"。整整折腾了半年也没证明个清楚。

没办法，"朱苟"还得叫"朱苟"。

虽然名字不好听。可朱苟学习好，人聪明，长得也很精神。从小学到高中，朱苟一直是班里的班长。老师很爱护他，点名也从不把朱和苟连在一起，总是亲切地喊他"苟儿。"

那年高考，全乡只考上了五个大学生，朱苟名列榜首。朱苟不仅在全乡是挑头的，就是在全县，他也是理科状元。

学校敲锣打鼓地把录取通知书送到朱苟家里。苗乡长还代表全乡父老给朱苟发了一千元奖学金。

从此，朱苟名声大振。许多人猜测，是不是"朱苟"的名字起了作用，这么难听的名却考了这么好的成绩。很多学习不好的孩子的家长，想把自己孩子文雅的名字改得"朱苟"不如。

参加工作后，朱苟在公司干得兢兢业业。可十年了，他的办公桌从三斗桌换成了平板桌，又换成了电脑桌，现在换成了小老板桌，他的办公室也从简陋的平房换到了四层高的办公楼上，但他的职位一直没动，总是公司最低的。和他共事的同事，三两年就换一茬，有的升了部门主管，有的升了公司副总，还有的外调升了老总。

朱苟想不通，自己怎么就成了"蒜臼埋在地底下——发不粗长不长"了。

在一次高中同学聚会上，朱苟把心中的郁闷说给了一个女同学。这个女同学是他高中时的同桌，现在是一个单位的一把手。

"是你学习学呆了，"那个女同学指着他的鼻子说，"上学拼的是学习，是分数，可社会拼的是综合实力。特别是在公司干事，你不仅要会工作，还得会这……"说着，那个女同学举起酒杯想和朱苟喝个交杯酒。

朱苟羞得赶紧用胳膊挡开。

"你看看，你这就不行！"那个女同学责怪他说，"我一个女的都这么主动了，你还踌踌躇躇，一点儿男子汉风度都没有，这会中？老同学，你太单纯了！"那个女同学无奈地摇摇头。

"现在，什么都放开了，思想也得放开。在任何职场，脸皮厚吃不够，脸皮薄吃不着。"那个女同学又给他倒了一杯酒说，"你和我喝个交杯酒，我教你几步。要不然，你的事我也不管。"

"喝一个！喝一个！"几个同学一起起哄。谁不知道，上高中时，这个女同学对朱苟就有意思。

同学聚会后，朱苟彻底开了窍。

在那个女同学的帮助下，朱苟很快就被提拔为部门主管。两年后，又被提拔为副总。

当了副总，待遇就是不一样，一个人一个大办公室，一个人一个大办公桌。公司二百号人，谁见了他都是点头哈腰。左一个"副总好"，右一个"副总好"，再也没人喊他"朱苟"或"苟儿"了。"副总"代替了"朱苟"和"苟儿"，听着也舒服。压在朱苟心中十年的别扭烟消云散。

当了副总，下去检查工作也不一样。副总一辆车，其他同志挤一辆车。那威风，那得意，真有点"大风起兮云飞扬"的感觉。

到下面检查工作，因为朱苟是专业出身，他一眼就能看出这家企业是不是偷工减料，是不是违规排放，是不是质量不达标，是不是存在安全隐患。任何一个环节都逃不过他的火眼金睛。

一次，他带队下去检查。转了一圈，开了八张罚款单，责令五家企业停业整改，吓得那十三家企业的老总瑟瑟发抖。

在回来的路上，他的手机就响个不断，都是领导的说情电话。

回到家里，那十三家企业的老总又一个一个登门拜访。这时朱苟才弄明白，为啥以前下去检查时，领导总是让他当先锋，让他擦亮火眼金睛，原来这里面的水这么深啊。

第二年，总公司要在本地上一个大项目，这个项目前景辉煌。

朱苟想在新项目建成后，去那里任"一把手"。"一把手！一定得弄个一把手！"朱苟彻夜不眠。对于"副总"和"一把手"的差距，他深有感触。他干了这么多年"副总"，虽然也算是名利双收，可和"一把手"的差距那是不言而喻。在公司里，"一把手"负总责，一支笔，一言堂，一手遮天，一切都是围着"一把手"转。他说煤是白的，谁敢说是黑的？他说母狗是公的，谁敢龇牙？"一把手"的诱惑，对朱苟来说简直就是飞蛾扑火。

但他知道，公司那几个副总也一定都瞄着这块肥肉，尤其是那个"老猴子"。

他一次又一次去拜访老总，每一次都奉上真金白银，但每一次老总的答复都是不明不白，含糊不清。这让朱苟忐忑不安。钱也花了，礼也送了，可总不见结果，怎么办？

"必须拿出绝招。"朱苟给自己下了死命令。

这天，朱苟趁老总的办公室里没有别人，就扑通一下跪在地上。他抱着老总的腿泪流满面地喊："爸，您把那个项目给我，您就是俺的亲爸。"

朱苟认为，他认了亲爹，老总不可能不把这个肥缺给他。他是老总的儿子，是亲三分向，他抱定了老总的大腿。

朱苟的这一招，把老总都弄蒙了。因为老总比他还年轻。

"老朱，起来，起来，你这是干啥嘞？"老总拉着朱苟的手说，"老朱，你比我还大嘞啊。"

"那咋啦，'摇车里的爷爷，挂拐棍的孙子'，《红楼梦》里都有写，咱这也算引经据典了。"朱苟儿虔诚地说，"我是真心认您当爹嘞。"

"那厂子不是还没建成吗？"老总很受用地说。

"爸，你不答应，我就不起来！"朱苟真把自己当成了儿子，耍起了死赖皮。

"你起来，我认你这个儿子就是了。"老总无奈，只好认下他这个干儿子。毕竟，平时朱苟也确实像儿子一样孝敬他。

终于搞定了，朱苟哼着小曲儿走了。只等着厂子建成那一天，他好走马上任。

谁知"道高一尺，魔高一丈"，公司那个被称为"老猴子"的副总对这个项目也是志在必得。当他听说朱苟已经认了老总为干爹，就吃惊不小。他在心中骂道：好你个厚颜无耻的"猪狗"，你认老总当爹，我让你认我当爷！咱走着瞧！

一次酒后，"老猴子"悄悄地给老总分析了认朱苟当儿子的利弊。他谄媚地说："老总，为了您的声誉，您还是三思而行啊！他叫'朱苟'，如果您认他当了干儿子，那您不就是老……'猪狗'了？再说，他'朱苟'在咱原公司的名声也不好，您要认他为儿子，那您真'猪狗不是了'。"

一语惊醒梦中人，"老猴子"的一句话使老总茅塞顿开。

老总心里暗骂：奶奶的朱苟，你这是想着法儿骂我啊！

厂子即将竣工时，忽然，老总身边多了一位娇滴滴的美艳女秘书。原来，这位美人就是"老猴子"刚刚大学毕业的小女儿。

朱苟得到这个消息后，一屁股蹲在地上，一口鲜血从嘴里喷了出来！

乌局长不请客

一

周五下午快下班时。

办公室主任周祥悄悄推门进来，又轻轻把门关上。他拢了一下头发，神秘地说："各位，各位，受乌局长委托，告诉大家一件事。乌局长母亲七十寿辰，前几天有人问乌局长怎么办，今天，局长特意让我来告诉大家：局长不想让大家知道，更不想让大家去，乌局长不请客。周日中午在皇唐大酒店，给老太太庆祝寿辰，也就他们一大家子聚聚，都是内亲，外人概不接待。"

说完，周祥又去下一个科室通知去了。

"乌局长母亲生日？"帅康悄悄问邻桌的静美，"那咱去不去？"

另一张办公桌上的刘凌和玉涵也在悄悄议论。

"去。"静美正在补妆，她拿起桌子上的小镜子照照自己秀美的小脸说，"不去，周祥来给咱说这干啥？"

"那是有人问啊，看起来，老早就有人惦记着嘞。"帅康说。

"你呀，真是榆木疙瘩。"静美白一眼帅康说，"是你问啦？还是我问啦？还是刘凌和玉涵问啦？他不说谁知道！这就叫此地无银三百两，知道不？"

帅康看看刘凌和玉涵，两个俊俏的小姑娘都含笑点点头。

"我说呢，这几天乌局开会说话也不难听了，见人也会笑了，昨天还来咱科室和大家喷了一会儿。"帅康若有所悟地说。

周日中午，帅康和静美一块儿到皇唐大酒店。周祥在门口毕恭毕敬迎着大家，并悄悄告诉帅康和静美："乌局长不让张扬，不设礼桌，你们科室在二楼288房间。"说着，他悄悄塞给帅康和静美两个空红包，那意思再明白不过了。

走进大厅，单位的同志都来了。所有人都是步履匆匆，好像都很害羞，都像在做贼。他和静美推开288房间，刘凌和玉涵都在，玉涵还带着她的男朋友。大家匆匆掏钱装进红包，并写上自己的名字。过了一会儿，周祥进来给大家发烟上酒，把红包收走了。

开席，乌局长带着周祥来给大家敬酒。乌局长红光满面地举着杯说："哎呀，我专门让周祥给大家交代，谁都不让来。这周祥啊，一定没把我的意思传达到。"

"是，是，是，乌局长，是我领会错了，下不为例，下不为例。"周祥提着酒瓶子点头哈腰地认错。

"哎，玉涵，这是你男朋友？真帅！哪个单位的？"乌局长端着酒和玉涵的男朋友碰了一下杯子。到刘凌时，乌局长梗着脖子，眯着眼，乐呵呵地说："刘凌，你可得向人家玉涵学习啊，下次也带男朋友，不然——"他不把话说完就和大家——碰杯。碰了一圈后，说，"既然来了，都是一家人，不要见外，大家就吃顿便饭吧，一定要吃好喝好啊。"

乌局长敬完酒，和周祥去下一个房间敬酒了。

紧接着，大鱼大肉一阵风似的卷了上来。

二

两个月后，周祥又来到办公室。他悄悄告诉大家："前几天，有人问乌局长的女儿买了新房，啥时候乔迁新居。今天，乌局长让我郑重地告诉大家，谁都不让去，他女儿八月初八中午在万马大酒店只接待内亲。"说完，周祥就走了。

"内亲？"帅康悄悄问静美，"内亲都包括谁？"

"包括你我啊。"静美掏出小镜子，拿着口红，认真地涂着回答。

"那你说，咱去不去？"帅康又问，"上次，乌局长都说是周祥传达错了，乌局长不想让咱去啊。那这次……"

"说这话，我都想拧你。"静美拿出眉笔开始描眉。

"姐妹们，你们说去不去？"静美又问刘凌和玉涵。

"不去会中？请帖都下了。"玉涵不高兴地说。刘凌低头整理文件，没有吭声。

三

又过了一个月，乌局长的儿子要结婚了。这件事大家都知道，都想去，毕竟结婚不同于别的。但这次乌局长亲自到各办公室走了一圈。

大家正准备下班时，乌局长来了："怎么，还没到点就想走啊？"乌局长进门看见刘凌正在收拾包，玉涵也走到了门口，静美正在描眉。

玉涵赶紧退回来，笑着问："老板，贵公子啥时候办事啊，大家可都等着喝喜酒嘞。"

"我今天就是专门来给大家说这事的。"乌局长拢了一下头发，一本正经地说，"我儿子办事，不待客，不收礼，请大家一定要记着。这次为啥我亲自来给大家说？因为上几次，周祥都没有吃透我的精神，让大家跑前跑后的。"

"哪能呢，哪能呢，乌局长。"大家七嘴八舌地说着、求着，好像不把礼送出去，就对不起乌局长似的。

"真的不敢这样，我们要严格执行中央八项规定。去了我也不摆桌，不接待。"乌局长撂下这句话走了。

"去不去呢？去了也不接待，啥意思？"帅康问静美。

"你呀。"这次静美的指头轻轻触到了帅康的额头上，"真傻得可爱！'去了也不接待'，你不去人家咋接待？你去了，乌局长不接待，自然有人接待。"静美又开始涂口红。

这次乌局长搞得更神秘了。他不告诉大家时间，也不告诉大家地点。刚开始，大家都一脸蒙，后来才弄清楚。原来，乌局长这次不在酒店待客，而是直接在家待客。不再轰轰烈烈，而是采取麻雀战，化整为零。中午也待，晚上也待，半晌也待。家里无论啥时候就那三五桌，流水席，来的人够一桌就待一桌，够两桌就待两桌。酒菜也不那么丰盛，简单的几个素菜，几个荤菜。一会儿就完事，完事就走人。乌局长的家在巷子内，巷口还设了几个明岗暗哨，时刻注意着纪委的人。乌局长自始至终都没露面。

就这样，乌局长不紧不慢，稀稀拉拉待了七八天客。

四

又过了两个月，周祥又来到办公室悄悄对大家说："乌局长的脚崴了，在天鹅医院，88888 贵宾房间。乌局长说，大家工作都很忙，谁都不能去，过几天他就回来了。"大家都知道乌局长的意图，"又想当婊子，又要立牌坊"。谁敢不去？谁能不去？六月六，他爹三周年，预算科的赵铁头因为出差没去，礼也没有捎到，就被乌局长使了个不大不小的绊子。年终考核差一点儿不合格，吓得赵铁头一身冷汗。最后又是请客，又是送礼，赔了夫人又折兵。

五

三个月后，乌局长家添了个大胖孙子。乌局长高兴得走路都是轻飘飘的，睡着都能笑醒，上个厕所都是一溜梆子戏，人生已经到了无人能及的巅峰时刻。他逢人就夸他孙子：天庭饱满，地阁方圆，鼻直口方，浓眉大眼，传承着他家的血脉。

策划科的老孙头私下里说："月子孩子都长恁成熟，这里面肯定有妖！"

为给孙子办米面席，乌局长和几个同僚开了个诸葛亮会。

"办事嘛，谁家能没个事，这是人之常情。中国就兴这。"一个同僚说。

"老乌，这次不同以往，哥儿几个可都攒着劲喝你孙子的酒嘞！你不要像上次那样磨磨叽叽！一定要拿出大丈夫的气概！一定要好好庆贺庆贺！这是庆贺你老乌家有了下一代的掌门人啊。"几个伙计撺掇他说。

乌局长一拍大腿，豪迈地说："中！"

乌局长决定大摆庆功宴，犒赏三军。宴会设在全市最豪华、档次最高的五星级"梦天大酒店"。

当天，梦天大酒店锣鼓喧天，鞭炮齐鸣。那真是彩虹门、大气球、红地毯，鼓乐手、迎宾小姐一排溜。迎宾小姐都是大眼睛，红嘴唇儿，高发髻，开衩裙儿，一溜的大长腿儿，明晃晃真照人。

烟是统一的软中华，酒是统一的嘉年华。每张酒桌都摆放着座位签，高端大气上档次。帅康的科室被安排在一张桌子上。静美已经把憨厚的帅康拿下了，她紧紧挽着帅康的胳膊来了。刘凌和玉涵也都带着帅气的男朋友来了。

开始敬酒。乌局长气宇轩昂，他在前面领着，周祥端着酒盘，几个副局拿着酒瓶，浩浩荡荡开了过来。

"喜酒，喜酒，大家都敞开喝！敞开啊！"乌局长高举着酒杯。

"刘凌，终于有男朋友了啊！介绍介绍！"乌局长简直到了得意忘形的地步，他用酒杯指着刘凌身边那个高高帅帅、一身正气、一脸肃气的小伙子说。

"乌局长，看你说的，这是俺弟弟啊。"刘凌羞涩地说。

"哦，说错了，自罚一杯。"说着，乌局长端起酒，一仰脖，啾的一声喝下，又问，"哪个单位的？"

那个年轻人皱着眉头，严肃地说："纪委监委的。"

"啊……"乌局长的喉咙像被鸡毛卡住了一样。瞬间，他的脸由红变白，由白变紫，由紫变绿，总之五颜六色变了一遍。

周祥的手抖起来，盘子里的酒杯一下子呼呼啦啦地倒了一片。几个副局拎着酒瓶灰溜溜地溜出了宴会厅。

给领导点赞

别看侯法年龄不大，可他溜须拍马的功夫不是一般的高。

刚参加工作那年，侯法每天早早就到了单位，他站在办公室窗户前，专等着领导的车。只要看见领导的车进了大院，他就一路小跑从办公室跑出来。领导的车一停稳，他立马上前，像宾馆门童一样，毕恭毕敬地为领导打开车门，然后手放在车门上边挡着。领导下车后，他身子微微前倾，顺手接过领导手里的茶杯或者公文包。领导在前面走着，他在后面亦步亦趋地跟着。走到办公室，领导掏出钥匙，他就赶紧伸手接过，轻轻开门。进去，他又是抹桌子，又是拖地，又是烧开水，又是泡茶。一阵忙碌后，他再轻声问："黄主任，还有没有别的事了？请您指示。"领导向他摆摆手。他才静静地退出办公室，并随手把门轻轻关上。

不上半年，侯法就被提拔为外事办副科长。提拔为副科长后，侯法更是鞍前马后地为黄主任效劳。

可两年后，黄主任退了，换了新领导。新领导对侯法这一套很不感冒。他说："侯法，不用麻烦你了，这些事我都会做，你都替我干了，我连一点儿锻炼身体的机会都没有了。为了我的健康，你还是让我自己来吧。"都是单位的同志，新领导说得委婉而坚定。

"咦，领导，您万金之躯，怎能让您干这些粗活累活啊。"侯法涎着脸说。

"总之，从明天开始，你不要再这样！不然我要批评人了！"新领导看侯法不识相，就说得严厉了。

新领导不吃这一套，这让侯法很苦恼。他试着喊领导出去喝酒，可领导说他对酒精过敏。他试着喊领导去打牌，可领导说他从来就不摸麻将。到了中秋节，他试着给领导买了两箱燕窝，可领导的老婆从监控里看到后，根本就不给他开门。侯法给领导打电话，领导说："我正在赶写一篇调研报告，你不要打扰我，好不好？"

新领导水泼不进，针插不进，这怎么办？不能溜须拍马，侯法陷入了极度不适之中。他夜不能寐。

"算了吧，既然他油盐不进，你也就死了这个心吧。咱把工作干好不就得了嘛。"老婆看侯法实在煎熬就劝他。

"唉，你还不知道，我就是这贱命，不跟领导勾连上，我是'死不瞑目'啊。"侯法揉着揪成疙瘩的眉毛头说，"我一定要找出他的破绽。是人，就有七情六欲。"

"侯法，侯法，走！钓鱼去。"忽然，侯法听到新领导喊他。喊着喊着，领导的车就到了楼下。

侯法急忙起身。"哦，原来领导好钓鱼啊！好，只要你有爱好，我就有办法！"侯法赶紧披上衣服，跑下楼。

他们开着车到了郊区桃花潭水库。领导选好位置，测风向、试水温、看水流、打窝、支杆。侯法前前后后伺候着，能和领导勾连上，他心里别提有多得意了。可过了很长时间，也不见鱼咬钩，领导坐不住了。看领导急，侯法更急。他真想变成一条大鲤鱼去咬领导的鱼钩。要么抓一条，给领导挂在钩上。

想到这，侯法趁领导不注意，一个纵身就跳到了水里。可到了水里，侯法才想起自己根本就不会游泳。水一下子就呛到了他的肺管里，他扑腾了一下，打了个冷战，醒了。原来这是一个梦。

侯法更加焦灼了。

有一天，侯法的老婆看到了一篇颇有建树的文章，而作者的名字和侯法单位领导的名字一模一样。

"老公，老公，你看。"老婆推推失眠多日的侯法说。

侯法一看，猛一拍大腿说："哎呀，我嘞娘啊，可不！就是俺领导。真是踏破铁鞋无觅处，得来全不费工夫。众里寻他千百度，蓦然回首啊。"

侯法兴奋地点开领导的头像。我嘞娘啊，原来领导天天发文章，每一篇文章都有独特的见解和新意，每一篇文章下面都有许多点赞和叫好。可自己不爱看文章，就爱刷短视频。

侯法又翻了翻单位的读书群。领导的文章除在朋友圈发了之外，还在单位的读书群里发了。领导一发，下面就是一长溜齐刷刷的大拇指，就是一连声的叫好。

侯法不爱读书，也就不进单位的读书群。我嘞亲娘啊，自己从来没给领导点过赞啊。一想到这，他忽地就是一脊冷汗。

侯法慌慌张张地给领导的每一篇文章都点了赞。点赞后，他又看到单位的老牛还给领导的文章后加了评论："好，行云流水，拜读了！""好，精彩纷呈，受益了！""好，高屋建瓴，受教了！"老牛是单位的笔杆子，他的点评很有深度。

"以后，你也给领导点赞带叫好。"老婆给侯法指点，"要跟上队伍。"

"不！要弄就弄得与众不同！"侯法眨巴着小眼说，"他们点赞带叫好，我再点赞带叫好，那也太俗气了吧！"

"那你还有啥绝的？"老婆不解地问。

"我给领导点赞带'祝贺'！领导每发表一篇文章，我就祝贺他一次。你说怎么样？"侯法兴奋地说。

"最重要的是，要抢占第一！你要第一个祝贺，让别人都跟在你后面！领导要看，第一眼就看到了你。"老婆给侯法指点。

"高！真高！"侯法如释重负地向老婆竖起大拇指。

从此，每天给领导点赞祝贺成了侯法的必修功课。他把握住了领导发文章的时间节点，只要领导的文章发出来，他就第一个点赞祝贺。

这天，领导病了，发高烧，浑身疼。可就是这样，领导是还想写一篇关于病了的文章。他在昏昏沉沉中写了几次，改了几次，最终因为身体坐不住没有写成。最后，领导只好在公众号上发了一句："对不起，今天我病了。"

这时，侯法正瞪着大眼、张着大嘴、流着哈喇子，迷醉于短视频。忽然，领导文章发出来了。侯法看都没看就点了赞，然后加一句："好，祝贺！"

点赞祝贺后，他又急匆匆地看短视频去了。

单位许多人看到了侯法的祝贺，大家都摸不清侯法这货到底是在发什么神经。领导病了，他竟敢祝贺，是不是吃错药了？大家偷着乐。

又过了几天，领导八十多岁的老岳母不幸去世。领导悲痛欲绝，发了个简短的讣告。

正陷在短视频里不能自拔的侯法，忽然看到了领导发的讣告。"讣"字很少见，侯法根本就不认识，更不知道"讣告"是什么意思。他想都没想就点了赞，然后评论："好，祝贺！"

点赞叫好后，他又急忙回去刷短视频了。

大家谁都不敢说话，群里鸦雀无声。

烦人的症状

病了之后，老黄老感觉自己的屁多。老婆也说："老黄，你这段时间是咋回事，夜里老是放屁。真烦人！"

老黄也感到纳闷。

终于有一天，老黄看到某公众号推出了一个专家关于病了之后屁多的提示。老黄拿着这个视频让老婆看，说："你看看，权威专家说的，屁多是新冠的一种症状，你习惯就好了。"

老婆看后不高兴地说："烦人的症状！"

有了依据，老黄放屁就没那么不好意思了。但老黄放屁还是有讲究的。

一天，市领导召开一项工作推进会。老黄作为主政一方的一把手，需要在会上作经验交流发言。

会议还没开始，老黄就感觉屁要来了。在这样的场合放屁太丢身份了，总不能放个屁再给领导解释解释：这是病了的症状。

他赶紧去卫生间，把憋在肚子里的气放了放，又回到会议室。

会议开始了，先有几个局委的一把手发言。老黄听着记着，思考着一会儿自己该怎么讲。可听着听着屁就来了，他又赶紧起来去卫生间。回来坐下，可没过十分钟，屁的感觉又来了，老黄在心里骂着：可恶的病！可骂归骂，老黄还是赶紧去了趟卫生间。

事不过三。当他第三次站起来时，市长看了他一眼，那意思很明白：老黄你到底是咋回事？就你事多？老黄当然明白市长的意思。他不好意思地向市长谄媚地点点头，把五官揪到一起笑笑，还是赶紧出去了。

很快就轮到了老黄发言，可老黄刚去了卫生间，会场冷清下来。好在老黄就一个屁，他来去匆匆，很快就回来了。

在老黄发言前，市长专门强调了会场纪律。老黄知道市长是在说他，他不好意思地向市长点头笑笑。

开始发言。老黄根据当前形势，引经据典，滔滔不绝。他发言的内容，具有前瞻性和可操作性，语言风格诙谐幽默，时不时就赢得大家热烈的掌声。市长也满意地向他点点头。

说来也怪，老黄一发言，一个屁也没有了，就连屁的感觉也没有了。老黄在掌声中结束了他的慷慨陈词。

最后，市长总结讲话。可老黄一不发言，思想就走了神，思想一抛锚，屁的感觉就来了。那屁在肚子里上蹿下跳，左冲右突，弄得老黄浑身不自在。怎么办？出去不出去？老黄的脑子飞速旋转着。现在出去，市长怎么看？大家怎么想？刚才大家还在为自己鼓掌，市长还为自己点头赞许。你出去，你是不是太骄傲了？太目中无人了？对！不能出去！就是憋死也不能出去！可不出去，总不能在市长讲话的时候放屁啊。老黄憋得眼珠子都快鼓出来了。他狠狠咬住手指头，转移注意力。

指头都被咬出血了。恍惚中，老黄终于听到了大家的鼓掌，他也赶紧跟着使劲鼓掌。在雷鸣般的鼓掌声中，老黄拿捏着悄悄把屁放了出来。

但在本单位，在自己的地盘上，老黄可没这么矜持。

一次单位召开全体会议，老黄居高临下地坐在主席台上。他清了清嗓子，又开始了不打草稿的长篇大论。可他讲着讲着，就放了两个屁。虽然不是很响，但大家都听到了。同志们都憋着笑看着老黄。就在这时，有两个科长很配合地每人放了两个屁，总共四个屁。这四个屁长短不齐，错落有致，于是大家哄堂大笑。

老黄停住了讲话。他翻着眼，通过老花镜的上沿赞赏地看了看那两位同志，然后又很严肃地瞪着大家。足足瞪了五分钟，才不紧不慢地说："这有什么大惊小怪的？嗯？这是病了的症状！不是故意的！以后，这个症状将会成为常态！大家习惯就好。"

楚王好细腰，宫女多饿死。为了讨好老黄，并在思想上和行动上和老黄保持高度一致，单位许多人开始拿捏着放屁。特别是在老黄放过屁后，都争先恐后地放出自己的屁。从此，单位说话的人少了，放屁的人多了。单位被搞得乌烟瘴气，臭屁连天。

后　记

　　经过刀砍斧劈，文稿早已锤炼成型，可后记却迟迟未能落笔。不是无话可说，而是不知从何说起。真是人有百口，口有百舌，不可名其一处也。

　　《小城烟火》这本短篇小说集，于我来说是意外之喜。可以说是捡漏，也可以说是半老徐娘意外有了身孕，让人喜不自禁。

　　以前，我从没创作过短篇小说。要说小说创作的一般规律就是，先短篇，再中篇，然后是长篇。而我在参加了五年扶贫工作之后，却产生了要创作一部农村题材长篇小说的冲动。有了冲动，故事人物就纷至沓来。他们围着我，或哭泣，或诉说，或嬉笑怒骂，或暴跳如雷，完全是赤裸裸的挑衅，让我夜不能寐，欲罢不能。

　　不能写作，生活就毫无意义！

　　于是，我就开始尝试短篇小说创作。

　　《小城烟火》就是在这样的背景下生出的一朵奇葩。

　　有时我慨叹：脑子真是个好东西。

　　在创作的过程中，我常常是上午构思写出一篇，下午修改后在公众号推出一篇，晚上心里再酝酿一篇。总有说不完的话，总有写不完的事，总有源源不断的线索，总有滚滚而来的故事情节。它们不停地催我写写写，有时感到吃饭、说话、睡觉、上厕所都耽误事。这样的状态整整持续了半年多。在这段时间里，我创作了近百篇短篇小说和两篇中篇小说。这本小说集由于容量有限，仅收入了一部分作品，后续会再择机出版。

妻子是我小说的第一阅卷人。我的每一篇小说打印出来后，都要先交到她手里，请她审阅。

"河南秀才，差字布袋。"这句话一定是说我的。我思路快，打字快，可总是漏洞百出。就错别字这方面，没少受妻子的批评，有时她真有点儿恨铁不成钢了。可没办法，谁让我是她老公呢？她还得耐着性子，好好栽培。

我的每篇小说在"红尘烟火"公众号推出后，都得到许多朋友的肯定和真挚指导。登封市作协副主席王银贵老兄和鹅坡武校张耀峰老弟都在第一时间给我提出宝贵意见，老作家景新源老师和苏小蒙老师也多次提出中肯的建议。在此深表感谢。

后期，我又得到登封市作协副主席崔燕方、付凌云老师的指导建议，在此深表谢意。

这本书的出版还得到了登封市文联钟清敏主席的大力支持和亲切关怀。可以说没有钟主席的鞭策和鼓励，就不会有这本小说集的出版，再次鞠躬感谢。

《小城烟火》另一个看点，是我们兄妹三人的第一次合作。小妹子王乔枫（河南省书法家协会会员）的魏碑苍劲挺拔，她为本书题写，使本书更显得厚重，也更具文化气息；我哥王颖斌（中国美术家协会会员）的绘画如神来之笔，他为本书作了几幅插图，使本书更具烟火气息。

《小城烟火》，烟火气息五彩斑斓，红男绿女争奇斗艳。

期待读者批评指正。

故事纯属虚构，切勿对号入座。